세상에
핸드폰으로 책을 쓰다니!

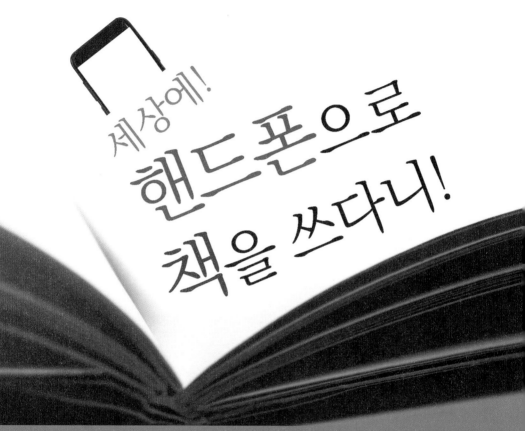

핸드폰책쓰기코칭협회

디지털 언택트 시대!
책쓰는 방법도 달라져야 한다!

세상에!
핸드폰으로
책을 쓰다니!

가재산·이채윤·장동익

핸드폰 말하기 코칭으로
누구나 작가가 될 수 있다!
말을 하면 글이 되고, 작품이 되고, 책이 되는 기적의 책 쓰기!

작가교실

디지털 언택트 시대, 책쓰기도 달라져야 한다

"내가 살아온 인생을 소설로 쓰면 책 몇 권이 된다."

예전 어머니, 할머니들이 입버릇처럼 하시던 말씀이다. 배우지 못한 서러움에 모진 가난과 시집살이가 천추의 한이 되어 내뱉는 말이다. 때문에 그 시절 자신의 삶을 소설화한다는 것은 어불성설이었다. 전문작가 외에는 책을 낸다는 것이 불가능했기 때문이다. 이제 누구나 책쓰는 시대가 도래했다. 편리한 컴퓨터와 여러 정보들 덕이다. 하지만 그것도 나이가 들면 사정이 달라진다. 손은 느려져 독수리 타법으로 바뀌고, 눈도 침침해져 컴퓨터 글쓰기도 힘들어지는 게 현실이다.

요즘 똑똑한 스마트폰 기능이 확대되어 글쓰기가 훨씬 편해졌다. 예를 들면 스마트폰을 이용해 쓰고자 하는 내용을 말로 하면 글이 된다. 게다가 컴퓨터에도 자동 연결된다. 왕초보도 얼마든지 가능하다. 최신 앱과 기술을 숙달하면 타이핑하지 않고도 책 한 권을 마술처럼 출간할 수 있다. 이 책에 그 책쓰기의 여러 기법이 담겨져 있다.

세상은 급변한다. 10년 후에는 인공로봇의 등장으로 '핸드폰으로 책과 글쓰기'도 아련한 옛 추억의 뒤안길로 사라져갈 것이라 한다. 인공지능AI 책쓰기 로봇, 이른바 책봇Book robot이 전문작가의 도우미로써 24시간을 함께 한다. 구술하는 언어와 상징 이미지를 기술하며, 지시에 따라 정보를 검색해서 책쓰기에 반영할 의견과 아이디어를 제시한다. 더 나아가 책 디자인, 사진이나 동영상 삽입, 독자 반응 테스트하기, 출판계약, 마케팅 및 홍보, 심지어는 저자 사인회 등 모든 일을 전담비서처럼 척척 해낸다. 디지털 혁명으로 세상이 변하는데 아직도 연필로 원고지에 쓰기를 고집할 것인가? 생각해 볼 문제다.

지금 왜 책쓰기 코칭인가?

"가형 너무 고마워, 내 인생의 은인이야"

10년 전 책쓰기를 권유하여 책을 내고 그것이 기회가 되어 대학교수로 정년퇴임한 직장 선배가 내게 들려준 이야기다. 최근 스마트폰 보급과 유튜브나 디지털 도서가 대세를 이루어 책이 워낙 안 팔리다 보니 작가는 물론 출판사까지도 힘들어졌다. 지금은 코로나19 사태로 더욱 어렵다.

그럼에도 불구하고 누구나 자신의 책 한 권쯤은 내고 싶어 한다. 그러나 결코 쉬운 일이 아니다. 때문에 시중에 책쓰기를 강의하거나 직접 가르치는 학원이 많이 생겨나고 있다. 이 책에서 소개하는 핸드폰 책쓰기 방식과는 차이가 확연하다. 일방적으로 가르쳐주는 티칭Teaching과 스스로 하도록 하는 코칭Coaching은 다르다.

대필로 누군가 대신 써주거나 녹취하여 자비 부담으로 책을 만들어주는 방식이 아니다. 책의 기획과 출간까지 출판사가 협력하고, 전문작가의 코칭으로 저자 스스로 책을 쓰도록 하는 게 다르다. 두 번째는 핸드폰 기술을 이용해 컴맹이라도 스마트폰의 앱 기술로 책 한 권을 출간될 때까지 코치한다. 더구나 코로나19로 언택트(비대면) 시대가 도래하면서 핸드폰으로 얼마든지 만나지 않고도 원격에서 책쓰기 코칭이 가능하다. 이는 바로 책쓰기도 스마트 워크 시대를 대변하는 예다.

핸드폰책쓰기코칭협회는

대부분 시니어들은 신체적으로 건강하며 사회적 활동, 자아실현 같은 상위 성취 욕구가 왕성하다. 그중의 하나가 자서전이나 에세이 등의 책을 쓰고 싶어 한다. 쓰고자 하는 욕구에 비해 경험이 없고, 방법을 모르기 때문에 도전하지 못하거나 대필에 의존하기도 한다.

'핸드폰책쓰기코칭협회'는 책쓰기를 원하는 왕초보 예비 저자가 스스로 책을 쓸 수 있도록 돕기 위해 시인, 작가, 수필가, 디자이너 같은 전문가와 출판사의 대표 등 50여 명으로 출범했다. 출판사가 기획하고 그 기획서에 따라 코치들이 핸드폰 앱을 활용해 왕초보 시니어들이 스스로 쓰고 책이 나올 때까지 돕고 홍보까지도 할 것이다.

2019년 65세 이상 인구는 800만 명으로 인구 대비 15%가 넘고 있고, 700만 명에 이르는 베이비부머 세대의 본격적인 은퇴가 시작되어 노인인구 증가는 정말 심각하다. 더구나 불황과 SNS로 인해 책 판매량이 점차 줄어 출판사에서도 인세를 지불해 주기는커녕 책 출간하는 데 드는 필요 경비를 저자에게 부담시키는 경향이 있다.

그 경우 출간하는 데 드는 비용이 최소한 1000만 원 정도이고 대필의 경우 많게는 5000만 원 정도의 비용이 들어간다. 그에 비해 이 책에서 소개하는 각종 앱이나 스마트 워크 기술을 활용하면 왕초보도 그런 경비 없이도 가능하다. 또한 걸리는 시간도 1/3 정도로 줄일 수 있다고 확신한다.

이 책은 '핸드폰책쓰기코칭협회'에 참가하는 코치들의 매뉴얼 목적으로 만들어졌다. 물론 책을 쓰려는 왕초보가 이 책을 보고 따라만 한다면 자신이 갖고 싶은 책에 도전하도록 구성했다. 1장과 2장에서는 책과 글 쓰는 세상이 어떻게 변화되었는지를 알려준다. 책·글쓰기를 원하는 사람이라면 누구나 지금 당장 도전할 수 있다는 자신감을 불어넣어 주는 내용이다. 3장에서는 디지털 혁명, 코로나 이후 이슈가 되고 있는 언택트 방식 코칭과 스마트 워크를 통해 책을 쉽게 쓰는 방법을 소개하는 동시에 출판 프로세스도 혁신해야 한다는 내용을 소개했고, 4장에서는 공짜 앱 기술을 활용하여 자료 수집에서부터 글을 쓰고 편집해 책자 원고 작성 및 교정 방법까지 배우게 될 것이다. 그리고 5장에서는 코칭 프로세스와 적용 방법을 사례를 통해 제시해주고 있다.

끝으로 이 책을 빠른 시일 내에 원고를 모으고 편집 출판까지 맡아 수고해준 '핸드폰책쓰기코칭협회' 이채윤 코칭 본부장님과 핸드폰을 활용하여 스마트 워크와 책쓰기 분야 최고의 기술로 왕성하게 활동하는 장동익 고문님의 도움에 감사드리며, 물심양면으로 도와주는 협회 임원진과 회원들에게도 고마움을 전한다. 이 매뉴얼을 이용해 멋지고 의미 있는 활약을 기대한다.

공저자 가재산 씀

| 목차 |

〈고급 과정〉 전문작가 작업하기

Step 1. 책 기획하기, '출판 기획서' 쓰기

Step 5. 출판사 선전과 출판 프로세스

제1장

왜
책을 쓰려고 하는가

100세 시대, 인생 2막과 책쓰기

정말 100세 시대다. 70이 넘은 분이 어머니 밥상을 차려 드려야 한다고 모임에서 일찍 자리를 뜬다. 100세 시대라고 다 행복한 건 아니다. 60세 무렵에 은퇴해서 딱히 할 일이 없다. 40년을 하릴없이 허송세월하다 죽어야 하나? 은퇴하고 남은 시간 40년을 잘 살아야 성공한 인생을 살았다고 말해야 하는 시대가 되었다.

이제는 인생 2막이라는 말이 진부한 말이 되었으나, 미국 100달러짜리 화폐의 주인공 벤저민 프랭클린(Benjamin Franklin ; 1706~1790)은 인생 2막을 제대로 산 대표적인 인물이다. 그는 18세기에 이미 인생 2막, 3막을 살았던 사람이다. 그는 42세의 젊은 나이에 잘 나가는 사업을 접는다. 그리고 인생 2막 아니 5막의 삶을 살았다.

그는 피뢰침 발명을 비롯한 많은 발명과 발견을 했고, 정치가, 외교관, 철학자, 저술가로 활동하면서 미국독립선언 기초, 미국헌법 기초, 체신부 장관, 펜실베이니아 대학 설립 등 한 사람이 한 일이라고는 믿어지지 않을 정도로 많고 광범위한 업적을 남겼다. 그는 당시로써는 드물게 84세까지 장수했는데, 그의 업적은 모두 그가 사업에서 은퇴한 후에 이루어낸 것들이다.

은퇴하고 남은 시간 40년을 어떻게 보낼 것인가? '인생 2모작' 시대는 이제는 옛말이다. 100세 인생의 시대라서 은퇴하고 나서도 30~40년을 또다시 일하고 살아야 하는 3모작, 4모작 시대다. 벤저민 프랭클린은 42세에 은퇴한 후 42년을 더 살며 인생 2모작, 3모작을 해나갔다.

책 쓰기만큼 확실한 노후대책은 없다. 은퇴 후의 책쓰기는 노후대비라는 플러스알파 측면도 있기 때문에 더욱 매혹적이라고 말해도 좋을 것이다. 평생직장이 따로 없다.

100세 시대에는 'SKY 대학보다 평생대학이 낫다'고 한다. 누구나 나이에 관계없이 용기를 내어 평생학교에 입학하라. 그것도 책쓰기 학교 글쓰기 학과라면 더욱 좋다. 시니어들의 나이는 본인이 생각하는 실제 나이보다 훨씬 젊다.

2015년 UN이 평생 연령 기준을 정립하여 새로운 세대의 기준을 발표했는데 65세 이하는 청년이다. 게다가 UN에서 친절하게도 우리 실제 나이를 계산하는 방법을 알려줬는데 자신의 나이×0.7, 만약 주민등록상 나이가 만으로 60이라면 실제 나이는 42세! 벤저민 프랭클린처럼 42세에 은퇴한 후 42년을 더 살며 인생 2모작, 3모작을 해나가라.

만약 당신이 쓴 책이 베스트셀러가 된다면 작가라는 직업이 가지는 매혹에 푹 빠지고 말 것이다. 작가라는 영예는 물론 방송 출연, 강연 요청이 잇달아서 인세는 기본이고, 방송 출연료, 강연료는 보너스로 따라온다.

작가 · 강사 · 코칭 · 방송인……

'평생 현역으로 살 수 있는 방법'에 대해 많은 사람들이 고민을 하고 있는데 책쓰기만큼 현명한 선택은 없어 보인다. 아직 현역에 있든 은퇴를 했든 당신만의 노하우와 콘텐츠를 독자들에게 나누어

주면서 인생 2막을 준비하라.

당신의 인생 완성은 나머지 40년에 달려 있다고 할 수 있다. 축구에서 전반전에 이겼다고 이긴 게 아니다. 후반전, 연장전까지도 잘해야 한다. 새로운 인생을 준비하는 작가 수업에 도전해 보라. 여기 새로운 인생을 준비하는 작가 수업을 하는 커뮤니티가 있다. 〈핸드폰책쓰기코칭협회〉이다. 당신의 인생 2막을 책쓰기 도전으로 시작해 보라.

액티브 시니어, 나도 작가가 될 수 있다

"이제 안 돼!"

"이 나이에 내가 뭘?"

"나이가 들어 이제 할 수 있는 게 아무것도 없어."

퇴직한 시니어들의 하소연이다. 내 주위를 봐도 70~80%가 하는 일 없이 그저 하루하루를 소일로 보내는 사람들이 대부분이다. 그런 가운데 남달리 살아가는 사람들도 의외로 많이 있다. 바로 액티브 시니어들이다.

액티브 시니어란? 은퇴 후에도 하고 싶은 일을 능동적으로 찾아 도전하는 50~60대를 일컫는 말로, 적극적으로 소비하고, 문화 활동에 나선다는 점에서 '실버 세대'와 구분된다.

이들은 외모와 건강관리에 관심이 많고 여가 및 사회 활동에도 적극적으로 참여한다. 액티브 시니어의 가장 큰 특징은 소비다. 이들은 넉넉한 자산과 소득을 바탕으로 이전 노년층과 달리 자신에 대한 투자를 아끼지 않는다. 이러한 시니어들이 왕성한 에너지로 책을 쓰고 글을 쓴다면 얼마나 좋겠는가? 책을 써서 젊음을 유지하고, 이를 토대로 더욱 적극적인 경제활동을 할 수 있는 징검다리 역할을 얼마든지 할 수 있기 때문이다.

우리나라 핸드폰 사용 인구는 5천만 명이 넘는다. 1인당 1대가 넘는 사용자 수다. 그중 스마트폰 사용자는 95%가 넘는다. 스마트폰은 들고 다니는 컴퓨터. 요즘 시니어 중에 '카톡'과 같은 SNS를 하지 않는 사람은 거의 없다. 다들 카톡을 손가락으로 두드린다.

그런데 내가 친구들이 보는 데서 말로 메시지를 보내니 눈이 휘둥그레진다. 최신 스마트폰일수록 또박또박 글자가 새겨진다. A4용지 한 장을 구술하는 데 5분 정도밖에 안 걸린다. 놀라운 것은 그렇게 작성한 글이 핸드폰에만 기록되는 것이 아니라 노트북이나 PC에 동시에 저장된다는 것이다.

펜으로 글을 쓰는 시대는 저물고 있다. 액티브 시니어들은 말로 글을 쓰고 메시지를 전달하고 있다.

핸드폰 하나로 책을 쓴다면 믿으시겠습니까?

원고지에 연필로 꾹꾹 눌러 글을 쓰던 시대는 지났다. 컴맹이어도 괜찮다. 스마트폰만 있으면 된다. 스마트폰만 있으면 책을 쓸 수 있다. 누구나 스마트폰을 들고 다니고, 스마트폰으로 글을 쓰는 시대다. 스마트폰으로 할 수 없는 일은 거의 없다.

AI 스마트폰에 말 걸기, 그것이 글쓰기의 시작이다.

나의 지인이신 어떤 회장님은 매일 잠자리에 들기 전에 10분 동안 핸드폰으로 일기를 쓴다. 그날 일어난 일, 그날 한 일들을 머릿속에 떠오르는 대로 중얼거리면 일기가 작성된다. 그분은 그렇게 일기 쓰기를 하다가 취미가 붙어서 지금은 자서전 쓰기에 도전하고 있다.

"제가 어떻게 책을 써요?"

"말도 안 돼요!"

시니어들에게 책을 쓰라고 권유하면 대부분 이런 반응을 보인다. 책을 쓰고 싶은 마음은 가져보았지만, 구체적으로 고민해보지 않았기 때문이다.

나는 책은 누구나 쓸 수 있는데 방법을 모를 뿐이라고 생각한다. 감성과 창의가 필요한 문학적인 책이나 수필과 같은 경험을 다룬 책이 아니라면 실무서의 경우 책은 콘텐츠 50%와 기술 50%로 이루어진다. 사람들은 누구나 자신만이 가지고 있는 콘텐츠와 전하고 싶은 메시지가 있다. 그것이 암묵지로 자신의 머릿속에 남아 있다. 이것을 밖으로 꺼내는 것이 기술이다.

당신의 인생 경험을 꺼내라.

AI 스마트폰에 말 걸기, 그것이 글쓰기 책쓰기의 시작이다.

나만이 쓸 수 있는 책을 써라

"나만이 쓸 수 있는 나의 책을 써라."

나는 초보 작가들에게 자기만이 가진 주제 의식을 가질 것을 거듭 강조한다.

내 책이 독자에게 무엇을 줄 수 있는가?

현재 우리나라에서는 1년에 7만여 종의 단행본이 발간되고 있다. 하루에 250권 이상의 책이 쏟아져 나오고 있는데 '나만의 특별한 책'이 아니면 독자들은 눈여겨보지 않는다. 시시껄렁한 신변잡기나 하찮은 정보가 나열된 책에 독자는 지갑을 열지 않는다.

『책을 내고 싶은 사람들의 교과서』라는 책을 보면 나만이 쓸 수 있는 책을 발견하기 위해 아래 세 개의 질문에 답해보라고 나온다.

1. 어렸을 때부터 좋아한 일은 무엇인가요? (지속성)
2. 시간 가는 줄 모르고 몰두하는 일은 무엇인가요? (집중)
3. 남들이 별로 하지 않는 일 중에 당신이 하고 있는 일은 무엇인가요? (탁월함)

어렸을 때부터 좋아한 일은 그 일에 취미와 재능이 있다는 뜻이다. 또 그 일에 몰두하다 보면 시간 가는 줄도 모르는 일이 있다. 악기 다루기든, 그림 그리기든 상관 없다. 지속성과 집중력을 가질 수 있다면 천부적 재능을 발휘할 수 있는 분야다.

그런데 세 번째 질문이 핵심이다. 이미 다들 아시겠지만, 세상은 그렇게 호락호락한 곳이 아니다. 단순하게 무엇을 좋아하고 즐기는 사람들은 무척이나 많고 그래서 경쟁력도 치열하다.

단순히 혼자서 즐기는 오락이나 취미라면 다른 토를 달 것이 없겠지만 그것을 책으로 만들어 내려고 한다면 세 번째 질문 '남들은 좀처럼 하지 않는 일'을 내가 즐겨하고 있다면 '다른 책과 차별성 있는 테마'를 만들어 낼 수 있다. 물론 그 일이 괴벽에 가까운 일이어서는 안 되고 남들이 그 중요성을 알아채고 있지 못한 일이라면 안성맞춤이다.

예컨대 근래에 '파산 전문 변호사'로 뜬 박준영 변호사가 좋은 사례가 될 수 있다. 그는 '남들은 좀처럼 하지 않는 일'을 즐겨함으로써 사회의 공감을 얻어냈다. '고졸 출신 인권 변호사'로 알려진 박준영 변호사가 무료 변론으로 수입이 없어 임대료를 못 내 사무실도 비워줘야 한다는 사실이 알려지자 주변에서 나서서 '박준영 시민 변호사 만들기' 프로젝트가 가동되고 몇억 원이나 되는 후원금이 모아지고 그를 모델로 영화도 만들어졌다.

그것은 그가 지켜내려는 사법적 '정의'에 공감하고 응원을 보내는 이들이 그 만큼 많다는 뜻이 아닐까? 처음에는 틈새일지 몰라도 그 틈새를 벌리고 들어가면 새로운 판이 형성되는 법이다.

나만이 쓸 수 있는 책을 쓴다는 것은 인생을 정리하고 싶다는 마음에서 비롯된다.

책을 쓴다는 것은 나도 그 분야에 어떠한 업적을 남겼고 전문가적인 이력이 있다는 것을 의미한다. 대단한 인생을 사는 것은 아니지만 나만이 가진 세상살이의 노하우를 누구나 갖고 있다.

나의 이야기는 나만이 쓸 수 있다

자신만의 메인테마를 찾는 가장 간단한 방법은 지금 내가 '돈'과 '시간'을 어디에 쓰고 있는지 생각해보는 것이다. 당신이 지금까지 써온 돈과 시간이 책의 테마가 된다.

자서전 쓰기도 이렇게 달라지고 있다

지금은 자서전의 시대라고 할 만큼 자서전을 쓰려는 사람들이 많다. 인터넷, 블로그, 모바일로 이어지는 SNS 시대를 맞이해서 누구나 글을 쓰는 시대가 되었기 때문이다. SNS 시대는 누구나 글을 쓰는 나 홀로 작가의 시대다.

SNS 글쓰기로 글쓰기에 숙달되어 있는 준비된 작가가 바로 당신이다. 이런 현상은 우리나라만의 일이 아니다. 이미 일본에서는 10년 전부터 전문직 종사자들의 책쓰기, 자서전 쓰기 열풍이 불어 닥쳤다.

미국의 경우는 더욱 빨랐다. 인터넷 시대가 문을 연 20년 전에 미국 사회에서는 자서전 쓰기 열풍이 불어닥쳤다. 나탈리 골드버그가 쓴 『뼛속까지 내려가서 써라』라는 책은 150만 부 이상 팔려 나가면서 자서전, 회고록 쓰기 열풍을 실감하게 만들었다. 인터넷 시대가 문을 연 당시 미국에서는 『스무 살의 자서전』, 『서른 살의 자서전』 쓰기가 유행을 해서 연인들끼리 자서전을 건네주면서 프러포즈를 하기도 했다.

우리 사회에서도 책쓰기 · 자서전 쓰기 열풍이 불어 닥치고 있다. 인터넷, SNS 글쓰기가 습관화되었고 그 덕분에 넘치는 정보를 자기만의 체험을 풀어내려는 욕구가 분출되고 있는 까닭이다. 이제는 더이상 남에게 맡겨서 쓰는 자서전은 자서전이 아닌 시대가 되었다.

그런데 자서전을 쓸 때 가장 유념해야 할 것이 있다. 그것은 주관만으로 일관되게 쓰지 말라는 당부다. 자서전이 자신이 읽기 위해서 기록하는 것이 아니라 타인을 위한 글이라는 것을 생각해야 한다. 혼자 알고 있는 것들을 군이 독자와 공유하기 위해서 쓰는 글이라면 적어도 독자가 읽기 쉽고, 독자가 즐겁고, 독자에게 도움이 되면서 공감이 가야 한다.

많은 경우 자서전을 왜 썼을까 싶을 때가 있다. 자신의 개인적인 인생과 주장을 적은 책은 가족도 읽지 않는다. 심지어 평생을 함께 살아온 아내나 남편에게 보여줘도 읽지 않는다. 고루하고 답답한 자신의 주장과 인생을 읽고 싶어 하지 않는다. 그래서 군이 정치인들의 출판기념회가 아니더라도 일반인들의 출판기념회에 다녀와서 열어본 책은 왠지 손이 가지 않는다.

현대는 지위의 높고 낮음과 가지고 못 가진 것이 문제가 되지 않고, 개인의 인격이나 인간성의 존엄이 더욱 부각되는 시대에 살고 있다. 개인으로서의 삶의 선택이 다양하고 분화되면서 개인적인 특성이 두드러지게 인정받는 세상이다. 개인의 삶이 보다 개성적이어서 자신만의 인생을 기록하고 싶은 열망이 커지고 있다. 나만의 인생을 살았기 때문에 더욱 자신의 인생에 당당하다. 그래서 현대적인 자서전에서의 전기적 글쓰기는 자신의 인생을 자신의 정체성으로 기록한 글이다. 자신이 살아 온 일대기를 자신의 서술 방법에 의해 개인적인 기록으로 완성한 것이다.

적어도 자서전이 전문적인 작가의 수준을 요구하지 않지만 자서전으로서의 기본적인 품격은 가져야 한다. 곧 책으로서의 품격을 가져야 한다는 점이다. 혼자 읽는 일기가 아니라 대중이 읽는 공중성을 띄기 때문이다.

자서전의 내용이 나만이 쓸 수 있는 특별한 면을 우선 부각시켜야 한다. 누구나 자신만이 가진 특별함이 있다. 자신만의 개성을 적을 수 있으면 책으로서의 기본 품격을 지켰다고 할 수 있다. 이러한 의미에서 자서전을 쓸 때 유의해야 할 사항들을 종합적으로 정리해보면 다음과 같다.

자서전을 쓰려는 목적Why과 발간 시점을 먼저 정한다.

누구나 자서전을 한 번쯤 쓰고 싶어 한다. 그러나 어디에서 시작해야 할지, 어떻게 써야 할지, 무엇을 써야 할지 막막하고 난감하다. 그래서 자서전을 쓰려면 먼저 그 목적(왜)을 분명하게 하는 것이 제일 먼저 할 일이다. 그렇지 않으면 도중에 하차하는 경우가 많다.

자서전의 목적은 분명하다. 나를 주장하거나 변호하기 위해서 기록하는 한 사람의 일대기다. 아니면 자랑을 위한 일대기다. 그것도 아니라면 적어도 내 인생은 이랬다라고 말하고 싶은 동기에서 자서전은 출발한다. 철학적인 회고, 참회, 고백도 있지만, 이 또한 자기 변호가 중심에 들어있다.

자서전이 나올 날짜를 미리 정해서 출발하는 것도 매우 중요하다. 목적이 정해지고 출판될 기념비적인 날을 정하면 성공 가능성이 훨씬 높아지기 때문이다. 인생에서는 누구에게나 소중한 '그 어느 날'이 있게 마련인데 그중의 하나가 환갑, 칠순, 팔순 같은 특정한 이벤트 날이나 결혼 50주년 혹은 오랫동안 다녔던 퇴직 기념도 성공시킬 수 있는 하나의 방법이다.

그다음으로는 자서전을 쓰려면 어떤 자서전을 쓸 것인가 정하고 출발해야 한다. 자신의 인생을 연대기로 그대로 적어서는 자서전으로서 성공할 수 없다. 자서전은 자신이 읽기 위해서 적는 것이 아니라 자신 외의 사람들을 위해서 적는 기록물이다.

혼자 기록해두기 위해서 자서전을 쓴다고 하는 사람도 있다. 독자가 없는 글을 굳이 힘들여서 적을 필요가 있을까. 마음 안의 기록을 밖으로 적는 것이 글이라면 마음 안에 더 많은 사연이 있는데 굳이 저술할 필요가 없다.

자서전은 나 자신만의 기록이지만 남들도 읽을 만한 가치가 있다고 생각들 때 자서전을 쓰려고 한다. 자신의 삶을 정당화하기 위한 기록이라면 남을 설득해야 한다. 설득의 방법으로 자서전의 종류를 확인해서 내 자서전은 어떻게 기록해야 할까를 생각해야 한다.

자서전을 쓰려면 현미경과 망원경이 동시에 필요하다.

자서전의 목적은 분명하다. 나를 주장하거나 변호하기 위해서 기록하는 한 사람의 일대기다. 아니면 자랑을 위한 일대기다. 그것도 아니라면 적어도 내 인생은 이랬다고 말하고 싶은 동기에서 자서전은 출발한다. 철학적인 회고, 참회, 고백도 있지만, 이 또한 자기변호가 중심에 들어있다.

자기 인생을 정리하는 데 있어서 자신에게는 소중하지만 사실 멀리서 보면 그 인생은 그렇게 대단하지 않을 수 있다. 자신이 경험한 질곡 같은 삶이나 처절한 성공담이 남에게는 감동을 주지 못할 수도 있다. 왜냐하면 모든 사람들은 세상 풍파를 겪으며 살아왔기 때문에 그 인생이 그 삶이고 그 정도의 쓰라린 경험은 누구나 가지고 있는 경우가 많기 때문이다. 자서전이 일대기인 것은 틀림없지만 단지 시계열적으로 사건이나 경험을 단순하게 나열해서는 독자들에게 결코 감동을 주는 글이 될 수 없다.

그래서 자서전을 쓸 때는 현미경과 동시에 망원경을 동원해야 한다. 다시 말하면 현미경은 여러 가지 사건 중 두루뭉술하게 나열하는 게 아니라 하나를 집중 파고들어 상세하고도 현장에 있는 것처럼 리얼하게 표현하여 시선을 끌어내야 한다는 것이다. 예를 들어 아버지에 대해서 훌륭한 아버지의 일대기를 묘사할 게 아니라 열 등분하여 그중 남기고 싶은 몇 개만을 집중해서 쓰는 것이다. 망원경은 그러한 사건들이 단순하게 계속 나열되는 데서 그쳐서는 의미가 없다. 그러한 생생한 스토리가 전개되는 가운데 독자들이 읽고 나면 무언가 쿵 하고 던져주는 의미나 메시지가 그 글 안에 숨어 있어야 한다는 의미다. 큰 의미가 없다면 최소한 스토리가 재미가 있고 흥미진진하여 눈을 뗄 수 없는 경우라면 좋다.

자서전은 솔직하고 사실 그대로 써야 한다.

요즘 자서전이 흘러넘칠 정도로 많이 출간되고 있는 것은 참으로 좋은 일이다. 그러나 읽히지 않는 자서전은 의미가 없다. 그 대표적인 경우가 정치인들의 자서전이다. 대부분의 정치인들의 자서전은 우선 자신이 직접 쓰는 경우는 드물다.

그리고 자서전 쓰는 목적이 독자를 감동시키기 위한 게 아니고 자신을 과대포장하여 잘 보이려고 쓰는 경우이거나, 출판기념회를 통해 정치자금을 모을 목적이기 때문에 솔직하지 않고 힘이 들어가 있다. 복싱을 할 때 상대방을 제대로 타격하려면 팔에 힘을 빼야 하는 것처럼 글에도 힘이 들어가면 본래의 맛을 잃게 되고 조미료 맛만 남게 되어 읽을 재미가 없어진다.

솔직하지 못한 자서전은, 흔히 완벽한 인격자인 체 꾸미고 다니는 인간에게서 우리가 역겨움을 느끼게 되듯 어쩐지 공감할 수 없게 마련이다. 지나친 자랑이나 남에게 무언가 가르치려는 글이나 자신이 다른 사람에게 완벽하게 보이려고 애쓰는 글은 얼마나 자신감이 없기에 저렇게 안달일까 하는 안타까움마저 불러일으킨다. 자신의 약

점이나 상처까지 있는 그대로 토로하면서 진솔하게 쓴 글은 소설이 그렇듯 삶의 진실에 보다 근접하고 있어 읽는 이를 감동시키게 된다.

노마지지老馬之智의 지혜를 책과 글로 남겨야

예전에 시인, 작가들은 모두 20대에 등단해서 활동을 시작했다. 우리나라 교과서에서 만나는 시인, 작가들 거의 모두가 그랬다. 하지만 요즘에는 50대, 60대에 문단에 데뷔해서 훌륭한 작품을 쏟아내는 분들이 많다. 시는 20대의 감수성, 소설은 30대의 인생력이라는 설說은 썰이 되고 말았다. 100세 시대인 만큼 노익장 시대가 되었다.

춘추시대 오패五覇의 한 사람이었던 제齊나라 환공桓公 때의 일이다. 환공이 명재상 관중管仲과 대부大夫 습붕隰朋을 대동하고 고죽孤竹이라는 나라를 정벌하러 나섰다. 때는 추운 겨울이었는데 환공의 군대는 혹한 속에 지름길을 찾아 귀국하다가 길을 잃고 방황하게 되었다.

그때 관중이 말했다.

"이럴 때는 늙은 말에게 배워야 합니다."

그래서 시험 삼아 늙은 말을 풀어 주고 그 뒤를 모두 따랐더니, 과연 늙은 말은 길을 찾아내어 수만 명에 달하는 환공의 군대는 고국으로 돌아오는 길을 찾을 수 있었다. 하지만 이내 환공의 군대는 산길을 행군하다가 식수가 떨어져서 모두 갈증에 허덕이게 되었다.

그때 습붕이 말했다.

"개미란 놈들은 여름에는 산의 북쪽에 집을 짓지만, 겨울에는 산의 남쪽 양지바른 곳에 집을 짓고 서식하는 습성을 지니고 있습니다. 개미집이 있으면 거기서부터 일곱 자를 파면 반드시 물이 있다고 들었습니다. 산기슭 남쪽에서 개미집을 찾아보면 어떨까요?"

그리하여 군사들이 산을 뒤져 개미집을 찾은 다음 그곳을 파 내려가자 과연 샘물이 솟아났다.

이를 두고 한비자韓非子가 이렇게 말했다.

"관중이나 습붕 같은 지혜 있는 자들은 모르는 것이 있으면 늙은 말과 개미를 스승으로 삼아서라도 배울 줄 알았다. 그런데 오늘날 사람들은 자신이 어리석음에도 성현의 지혜를 교훈 삼아 배우려 하지 않는다. 이것은 지극히 잘못된 유감스러운 일이다."

노마지지의 일화에서 보듯이 직장을 퇴직한 시니어들은 쓸모가 다한 사람들이 아니다.

"나이가 들어 이제 할 수 있는 게 아무것도 없어……."

액티브 시니어들은 전혀 그런 생각을 하지 않는다. 100세 시대를 현명하게 살아가고자 고민하는 액티브 시니어들은 왕성한 에너지로 책을 쓰고 글을 쓴다.

나이 들어서 늦깎이로 대성한 작가로 김훈이 있다. 『칼의 노래』, 『남한산성』으로 유명한 그는 쉰 살이 넘도록 기자생활을 했다. 40대 후반에 『빗살무늬토기의 추억』이란 소설로 문단에 데뷔했는데 겨우 500부 팔렸다. 54세 때 발표한 『칼의 노래』가 동인문학상을 수상하면서 소설가로 본격적인 작업을 시작했다. 그런데 고 노무현 대통령이 탄핵을 당하는 어려운 시기에 『칼의 노래』를 읽었던 것으로 알려지면서 200만 부나 팔리는 밀리언셀러가 되었고, 계속해서 작품을 펴내면서 한국을 대표하는 작가로 우뚝 섰다.

그의 원작을 바탕으로 드라마《불멸의 이순신》1000만 관객이 든 영화《명량》,《남한산성》이 만들어지기도 했다.

통계에 따르면 우리나라도 2019년 65세 이상 인구는 802만 명으로 인구 대비 15.1%를 차지하고 있어 고령사회가 되었다. 여기에 우리나라 평균수명은 80세를 넘어가는데 직장인 평균 은퇴 연령이 53세에 불과한 것을 볼 때 은퇴 후에도 30년 이상 산다는 의미다. 더구나 700만 명에 이르는 베이비부머(55~63년생) 세대의 본격적인 은퇴가 시작되면서 가속화되는 고령화, 저출산과 은퇴 인력 증가는 정말 심각하다.

내가 책을 써야겠다고 마음먹은 것은 두 번의 계기가 있었기 때문이다. 하나는 35년 전 일본 주재원으로 오사카에 살 때 우리 앞집에 사는 사람이 NHK '안녕하세요' 라는 한국말 방송 PD였는데 이분이 내가 한국에 돌아온 이듬해 1988년 본인이 회사 퇴직 기념으로 쓴 책을 한 권 가지고 왔다. 제목이 『오사카에서 부산까지』라는 책으로 한국에서 만난 30여 명의 이야기를 쓴 내용이었는데 나의 얘기가 30여 쪽 수록되어 있었다. 그 순간 '책을 낸다는 게 별거 아니네. 나도 한 번 도전해 보자!' 는 생각을 갖게 되었다.

두 번째는 일본 종합상사인 마루베니 상사에 단체로 연수를 갔는데 과장은 책 두 권을, 부장은 세 권을 들고 나와 강의를 하는 것을 보고 적잖은 충격을 받았다. 회사에서의 경험과 전문적인 내용들을 실무 책으로 발간한 책이었다. 그 당시 우리나라에서는 회사에서 책을 쓰면 일을 하지 않고 놀았다고 눈총을 주거나 공식적으로 경고를 받던 시절이었기 때문이다.

많은 경험과 전문성을 가진 분들이 회사를 그만두는 것과 동시에 그 많은 경험과 전문지식이 기록으로 남지 않기 때문에 사내에 축적되지 않는다. 사회에 나와서도 역할을 빼앗긴 채 할 일이 없다는 것이다. 전쟁을 겪고, 혹독한 가난과 배고픔을 이겨내며 나라를 일으킨 경제 발전의 주역, 이 수많은 은퇴 인력들이 가진 기술과 경험, 지식과 지혜가 사장되는 것이 매우 아깝고 안타깝다.

정부와 기업 등이 중장년 인력 활용을 위해 여러 시도를 하고 있지만, 점점 늘어날 베이비붐 전후 세대의 은퇴 인력에 대비해 보다 공격적인 해결할 방법을 찾고, 은퇴자들도 스스로 무엇을 위해 남은 생을 살 것인지 고민해야 한다. 이들의 기술과 전문성, 그리고 살아온 지혜가 글과 책으로 남아 후손들에게 물려주어야 하지 않을까.

액티브 시니어들은 그동안의 쌓아온 경험과 노하우를 정리하거나 나름대로 살아온 삶을 책과 글로 정리하는 사람들이다. 책과 글을 써서 젊음을 유지하고 이를 토대로 더욱 적극적인 경제활동을 할 수 있다면 그보다 좋은 일은 없다. 돈이나 부富만을 가진 노테크는 자칫

하면 '노No 테크' 로 전락할 위험성이 존재한다. 노후준비의 골든 타임은 따로 없다. '바로 지금' 이다. 액티브 시니어들 파이팅!

100세 넘은 김형석 교수가 부러운 이유

요즘 같은 100세 고령화 시대에 부러운 분을 꼽으라면 단연 김형석 교수님이다. '인생은' 늙어가는 것이 아니라 익어가는 것이라고 하지만 나이가 들면 힘든 인생이 될 수밖에 없다. 그렇지만 2016년에 저술한 『100년을 살아보니』의 2019년 100세 저자 김형석 교수님의 삶은 전연 다르다. 그는 각종 TV는 물론 도처에서 초청을 받아 왕성하게 강의를 하면서,

"사랑이 있는 고생이 행복이었다. 행복하게 일할 수 있고 다른 사람들에게 도움이 될 때까지 사는 것이 최상의 인생이다."라고 강조하신다.

"인생은 60부터라는 말이 맞습니까?"라는 질문에 100년을 살아보니 황금기는 60~75세였다는 것이다.

"60은 돼야 성숙하고 창의적인 생각이 쏟아져 나옵니다. 그런데 '60에 어떻게 살까'는 40대에 정해야 해요. 지금은 다 떠났지만 내 동년배인 안병욱 교수, 김태길 교수, 김수환 추기경도 60~75세까지 가장 창의적이고 찬란한 시기를 보냈어요. 좋은 책은 모두 그 시기에 썼지요. 75세가 되면 그 절정의 상태를 언제까지 유지할 수 있느

냐가 관건이에요. 잘하면 85세까지 유지가 되고, 그다음엔 육체적인 쇠락으로 내려와야지요."

1920년 평안남도 대동에서 태어난 김형석 교수는 일본 조치대上智 大 철학과를 졸업하고 연세대 철학과에서 30여 년을 가르쳤다. 서울 대 김태길 교수, 숭실대 안병욱 교수와 함께 대한민국 철학 1세대로 지성사를 이끌었다.

논리로 파고드는 철학자였지만 동시에 피천득을 잇는 서정적인 수필가이기도 했다. 60세에 뇌출혈로 쓰러져 눈만 껌뻑이며 자리에 누운 부인을 23년 동안 차에 태워 돌아다니며 세상을 보여주고 맛난 음식을 입에 넣어주었다. 상처한 지 10년이 넘었지만, 그는 부인의 손때가 묻은 낡은 집에서 홀로 지낸다.

"99세에도 쉬지 않는 이유는 무엇입니까?" 하고 물으니

"내 나이쯤 되다 보면 가정이나 사회에서 버림받지 않기 위해서는 두 가지가 필요해요. 하나는 일을 할 수 있어야 하고, 또 하나는 사 소한 것이라 해도 존경받을 만한 점이 있어야 해요."

1960년대에 출간된 『고독이라는 병』, 『영원과 사랑의 대화』 같 은 에세이는 한 해 60만 부가 넘게 팔리며 출판계 기록으로 회자된 일이 있다. 내가 학생시절 그분의 수필집을 옆에 끼고 다니며 읽었 던 기억이 아련하기도 하다. 그런데도 매일 밤 기나긴 일기를 쓴다. 문장이 잘 연결되게 하기 위해서란다.

"재작년, 작년의 일기장을 꺼내 2년간 무슨 일이 있었나 읽어보 고, 그 시간을 연결 지어서 오늘의 일기를 쓰는 식이에요. 문장력이

약해지면 안 되니까 계속 훈련을 해요."

누구나 무엇을 남기고 갈 것인가를 생각해본다. 돈과 성공, 명예에 휘둘리지 않고 자신의 자리에서 최선을 다한다면 그것이 최고로 남는다는 말씀이다. 교수님은 감투를 써본 것도 딱하나 학생 상담 주임교수. 하지만 본인이 행복하셨고 바른길을 가셨으니 그게 남는 것이리라.

이제 101세가 되신 김형석 교수님의 부드러운 미소와 그 밝음이 일가를 이루신 모습이라 더욱 존경스럽고 부럽기 한이 없다.

젊은이들까지도 책쓰기가 인기가 있는 이유

"내 인생을 바꾼 결정적 사건은 글쓰기이다."

『당신이 누구인지 책으로 증명하라』의 저자 한근태 한스컨설팅 대표의 말이다. 만약 책을 쓰지 않았다면 오늘의 나는 없을 것이라는 말과 함께 글쓰기와 책을 통해서 자신의 삶을 변화시키고, 삶을 풍성하게 만들 수 있었다는 것이다. 내 인생의 첫 책쓰기는 자기 분야에서 전문성을 인정받고 브랜드 가치를 높이고 싶은 직장인들을 위해 공격적인 글쓰기로써 책쓰기를 권한다. 실제로 직장생활을 하며 첫 책을 써서 인생의 터닝포인트를 맞이한 저자들은, 책을 쓰는 것은 가장 돈을 적게 들이면서 객관적 전문성을 인정받을 수 있는 가장 좋은 방법이라고 역설한다.

요즘 책쓰기를 통해 1인 기업가로 성공한 젊은 사람들이 부쩍 늘어났다. 이제 인터넷은 물론 스마트폰의 사용 확대로 인해 SNS, 블로그, 카페, 페이스북 같은 소통 채널이 생긴 것이 큰 변화 중의 하나다. 사실 이메일로 마케팅하는 시대는 지나가버린 것 같다. 10여 년간의 직장생활에 마침표를 찍고 병원 개업 및 경영을 도와주는 컨설팅 회사 〈Change Young company〉를 1인 창업한 이선영 대표의 경우를 소개해보자.

직장 생활의 경험을 밑바탕으로 다양한 성과를 창출하고 있는 그는 '창업으로 특별해진 1인 기업가'라고 자신을 소개한다. 그는 어떻게 스페셜리스트가 됐을까? '1인 창업이 답이다.' 저자이기도 한 이선영 대표는 "평범한 사람도 부를 창출하는 시스템을 만들 수 있도록 도와주는 책입니다. 일상의 소소한 아이템으로 1인 창업을 꾀하는 데 도움을 줄 겁니다."

그의 책을 보면 공격적인 단어가 자주 등장한다. 특히 '현대판 노예로 사는 당신에게'라는 단어가 눈에 띄는데 지나치게 극단적인 표현이 아닌가 싶기도 하다. 요즘 책을 써서 1인 기업가로 활동하는 사람들은 생각보다 많다. 이선영 대표뿐만 아니라 평범한 사람들이 1인 창업으로 억대 수입을 올리고 있다. '스마트경영연구소'의 이길성 소장, '힐리스닝'의 이명진 대표, 『하루 10분 독서의 힘』의 저자이자 임마이티 대표인 임원화 작가, 『어떻게 나를 차별화 할 것인가』의 저자이자 브랜벌스의 대표인 김우선 작가 등 모두 자신만의 프로그램을 개발해서 활발하게 활동하고 있다.

이런 맥락에서 강연과 컨설팅 위주의 1인 기업가라면 나를 전문가로 제대로 알리기 위한 수단으로 책을 써야 한다. 책은 나를 알리고 전문가로서 발돋움하기 위한 기초공사이고, 강연으로 수입을 올릴 수 있기 때문이기도 하다.

당신의 일이 당신의 책이 된다! 최근 일본에서도 한 분야에서 10년 넘게 일한 직장인들이 책을 출간하는 것이 붐이다. 이러한 직장인들의 책쓰기 열풍은 국내에서도 왕성하게 나타나고 있다. 일에 대한 전문성과 자기만의 노하우를 가진 사람들이 자기 분야에서 성취한 것들을 책으로 펴낸다. 이들은 원론적인 지식보다는 당장 활용할 수 있는 효율적인 방법론을 제안하여 독자의 마음을 사로잡는다.

책은 자기가 하고 싶은 것을 하면서 전문가의 길로 들어설 수 있는 힘을 준다. 또 평소 일할 때 결과물을 모아 책을 만든다는 목표를 갖는다면 훨씬 동기부여가 될 것이다. 가령, 자신의 일과 관련된 책을 쓰겠다고 다짐하면 지금 하는 일을 다시 바라보게 된다. 그에 관한 다른 책을 읽고서 배운 생각들을 현장에 적용해보기도 한다. 그러다 더 좋은 생각들을 하게 되면, 그것을 다시 실제 업무에 활용해보는 것이다. 이런 과정을 거쳐 자기 일에 대한 책을 한 권 쓴다면 그 분야의 전문가로 거듭날 수 있게 된다.

－왕초보 엄진성 성공사례

　나이 서른여덟 살인 엄진성 씨는 원래 책 한 페이지, 수필 한 장도 써보지 못한 왕초보였다. 단지 책을 쓰고 싶은 열망이 있었고, 언젠가는 책 한 권을 내야겠다고 마음먹고 있었다. 그런데 그가 '핸드폰으로 책과 글쓰기' 책을 읽어보고 1기생으로 수업을 받았다. 그 후 '나도 도전해보면 안 되냐' 는 제의가 왔다. 그래서 책을 쓰고 싶으면 출판 기획서를 써와 보라고 했다. 일주일 만에 '욜로 재테크' 라는 출판 기획서를 강의에서 들은 대로 써왔는데 제법이었다. 일부를 수정해주었다. 자신감을 갖게 된 그는 수업에서 공부한 대로 책을 쓰기 위해 즉시 실행을 했다. 우선 관련 서적을 아마존에서 참고할 만한 책들을 구입하여 배운 실력으로 구글 번역기를 써서 한글로 번역을 했다.

　그리고 평소에 가지고 있던 30여 권을 읽고 공부한 대로 필요한 부분만, 타이핑을 하지 않고 오피스렌즈로 찍어 텍스트로 문서화시켜 자료를 만들기 시작했다. 그는 이렇게 착수를 한 후 3개월 만에 초안을 만들어왔다.

　초안을 일부 수정해나가면서 내가 시키는 대로 출판 기획서와 그 원고를 20여 사에 보냈다. 놀랍게도 왕초보인데도 불구하고 다섯 곳에서 제의가 들어왔다. 그중 가장 유리한 출판사를 골라 계약금 100만 원을 받고 계약을 하는 쾌거가 일어났다. 『욜로YOLO 재테크』 라는 책이 착수 5개월 만에 세상의 빛을 보게 되었다. 그리고는 즉시 2탄을 바로 착수하여 『나는 아파트형 공장으로 100억대 자산가가 되었다』라는 책을 이 분야 전문가와 공저해서 베스트셀러 대열에 들었다. 1년 만에 3탄까지 책을 썼다.

그는 재테크 책이 나온 이후 그는 방송에 출연하기 시작했고 지금은 유명강사로 전국을 누비고 있다. 젊은 나이에 책쓰기에 도전한 이후 놀라운 인생의 반전이 시작된 것이다.

버킷리스트에 책쓰기를 넣고 지금 당장 도전하라

1년에 10가지만 실천하는 버킷리스트를 만들어보자.

최우선 순위에 책 소개를 두고 책쓰기의 집중하는 버킷리스트를 시작해보자.

가령 버킷리스트의 두 번째가 여행이라면 쓰고 싶은 책의 배경이 되는 곳으로 여행을 떠나는 것이다. 어린 시절, 청춘기를 보낸 추억의 고장을 찾아가 푸릇푸릇한 당신의 영혼을 만나보라.

버킷리스트의 세 번째가 만남이라면 책 속에 등장하는 인물을 만나는 것이다. 옛날에는 친하게 지냈지만 지금은 소원해져 있는 친구, 집안사람들, 학교 때 스승들을 찾아다니며 만남을 갖는 것이다. 그러면 인간관계도 돈독해지고, 책 쓰는데 집중할 수 있는 여력도 생긴다.

"제가 글쓰기에 소질이 없어서……."

"저는 한 번도 제대로 글을 써본 적이 없습니다."

소문을 듣고 찾아오는 시니어들에게 그럴 때마다 기계적으로 나오는 내 첫 대답이다.

"글쓰기와 책쓰기는 다릅니다. 문학적 글이 아닌 책을 쓰시면 됩니다."

나도 사람들을 만나면 늘 책쓰기를 권유하는데, 처음에는 예외 없이 누구나 손사래를 치며 책쓰기에 부정적인 반응을 보였다. 이런 사람들에게 "책쓰기는 타고난 소질이 아니라 콘텐츠이고 기술이다!"라고 말하면 깜짝 놀란다.

"제가 그 기술을 가르쳐 드릴게요."라며 접근하다 보면 우선 안도감을 갖기 시작하고, "그렇다면 나도 책쓰기가 가능하단 말이네!"라고 생각하기 시작했다. 그래서 CEO, 전문가, 직장인 등에게 책쓰기를 권유했고, 실제로 많은 사람들이 나의 권유로 책쓰기에 도전해서 책을 출간했다.

내가 그간 20여 권의 책을 쓰면서 주위에 책쓰기를 권하여 여러 사람이 책을 냈는데 앞으로도 이러한 활동은 계속할 예정이다. 그러나 그들 역시 처음에는 한결같이 내가 어떻게 책을 쓸 수 있느냐며 걱정이 태산같았던 사람들이다.

"책을 쓰는 데 있어서 좋은 점은 깨어 있으면서도 꿈을 꿀 수 있다는 것입니다. 책을 쓸 때는 깨어 있기 때문에 시간, 길이, 모든 것을 결정할 수가 있습니다. 오전에 네 시간이나 다섯 시간을 쓰고 나서 때가 되면 그만 씁니다. 다음 날 계속할 수 있으니까요. 진짜 꿈이라면 그렇게 할 수 없지요."

일본의 유명작가 무라카미 하루키의 말이다. 그래서 책쓰기는 평생 현역으로 사는 방법 중의 하나다. 정년이 없는 직업이 많지 않은데 책과 글쓰기는 자기가 그만두지 않는 한 해고도 없는 평생직업이다.

시작이 반이다. 하지만 이 말은 책쓰기에서는 틀렸다. 물론 시작이 중요하기는 하지만 책쓰기는 마라톤이다. 시작이 반일 수도 있지만 마무리 못 하면 아니함만 못하다. 책쓰기는 노동이고 기술이다. 노동 시간을 줄이고 힘든 노동이 아닌 방법을 찾아내는 것이 핸드폰 책쓰기 코칭 수업의 핵심이다.

말하기와 글쓰기는 다르다. 아무리 노련한 사람이라도 준비된 원고 없이 말하기로 입력된 원고가 그대로 책이 되기는 어렵다. 그래서 〈핸드폰책쓰기코칭협회〉가 존재한다. 책쓰기는 기술이기 때문에 코칭이 필요하다.

피터 드러커Peter F. Drucker를 모르는 사람이 없다. 그러나 피터 드러커의 저서 중에 2/3는 65세 이후에 저술했다는 사실은 잘 모른다. 미국 클레어몬트 대학원 '드러커연구소The Drucker Institute'에는 피터 드러커의 저서 40권을 연대순으로 진열해 놓은 책장이 있다. 왼쪽으로부터 약 1/3 지점에 놓인 책이 그가 65세에 쓴 『보이지 않는 혁명The Unseen Revolution』이다. 그러니까 그의 저서 가운데 2/3는 많은 사람들이 은퇴 연령으로 생각하는 65세 이후에 쓰여졌다는 얘기다.

그는 오스트리아 빈에서 태어났다. 1931년 독일 프랑크푸르트대학에서 법학박사 학위를 취득한 후 1933년 런던으로 이주하여 경영 평론가가 됐다. 1937년 영국 신문사의 재미 통신원으로 도미해 학자 겸 경영 고문으로 활약했고, 1938년 이후 사라로렌스대학, 베닝턴대학, 뉴욕대학 등에서 강의했다. '경영을 발명한 사람'이라는 칭송을 비롯해 현대 경영학의 아버지로 불리는 드러커는 백악관, GE, IBM, 인텔, P&G, 구세군, 적십자, 코카콜라 등 다양한 조직에 근무하는 수많은 리더에게 직접적으로 영향을 끼쳤다.

40권의 저술을 통해 20세기 후반에 등장한 새로운 사회 현상들을 예고했는데, 그중에는 민영화, 분권화, 경제 강국으로서 일본의 등장, 마케팅과 혁신의 결정적 중요성, 정보사회의 등장과 그에 따른 평생학습의 필요성 등이 있다. 또한, 생산과 분배, 생산요소의 변화, 지식근로자의 탄생, 인간의 수명 증가 등을 예측한 선견지명은 일선 경영자들이 기업을 경영하고 자기관리를 하는데 큰 통찰력을 제공했다.

정년 후에도 클레어몬트 대학원의 교수로 활동했으며, 피터 드러커 비영리 재단의 명예 이사장직을 역임했다. 2002년 드러커는 민간인이 받을 수 있는 미국 최고의 훈장인 대통령 자유메달을 받았다. 2005년 11월, 96세 생일을 며칠 앞두고 타계했다.

타계한 이후까지도 사람들이 드러커를 존경하는 이유는 경영학의 새로운 지평을 연 '현대경영학의 창시자' 라는 그의 학문적인 업적도 있지만, 그보다 2005년 11월 11일 만 96세로 생을 마감할 때까지 왕성하게 저술활동을 하면서 일을 손에 놓지 않고 현역으로 살았다는 점이다.

청춘青春이 푸른 봄날이었다면 적추赤秋는 붉은 가을이다. 춘하추동 사계절에서 봄과 가을은 대칭이다. 만개할 여름을 준비할 봄이 청춘이었다면 다시금 땅으로 돌아갈 겨울을 준비하는 시기가 가을, 곧 적추다. 겨울이 남아 있으니 아직 끝은 아니고, 게다가 결실도 있다. 풍요롭고 아름다운 단풍은 덤이다.

우리도 피터 드러커처럼 90세까지는 몰라도 80까지는 현역으로 일하고 책을 쓰면서 살다가 죽을 거야 라고 다시금 그처럼 '적추의 삶'을 살아야겠다고 다짐해 보자.

Lorem Ipsum

Pellentesque habitant morbi
tristique senectus et netus et
malesuada fames ac turpis
estas.

제2장

왕초보, 코칭으로
누구나
작가가 될 수 있다

영혼이 없는 대필 자서전의 허상

스티브 잡스의 자서전을 쓴 사람은 월터 아이작슨Walter Isaacson이다. 외국에서는 본인이 구술하고 전문 작가가 자서전을 대필해 주고 전문작가의 이름으로 책이 출간된다. 우리나라는 그렇지가 않다. 누가 보아도 그 사람이 그런 글을 쓸 수 있는 능력이 없는데 버젓하게 자기가 쓰지 않은 책에 자기 이름을 박아 넣는다. 그러면 책을 써 준 사람은 유령이 되고, 책에는 책을 썼다고 하는 사람의 영혼이 담겨 있지 않게 된다.

그런 때문인지 우리나라에서는 미국이나 일본과는 달리 서점가에 자서선 시장이 형성되어 있지 않다. 대부분 자서전을 펴낸 사람의 주변 사람들에게 그 책을 나누어주고 만다. 자기만족, 자기현시를 위한 허례허식적 요식행위에 지나지 않는다. 그 책을 받은 사람들은 거의 책을 읽지 않는다. 그런 책이 무슨 의미가 있겠는가?

공저자 이채윤 작가는 열 명 이상의 자서전을 대필한 경험이 있다. 어느 정도 출세를 했거나 돈을 좀 벌었다는 사람들이 자서전을 쓰겠다고 나서는데 몇 차례 인터뷰해 보면 그 사람들의 인생에는 폼나는 그 무엇인가가 없다. 그러다 보니 자서전을 쓰겠다는 사람도 시들해지고, 작가는 작가대로 영혼을 파는 작업을 하는 것만 같다. 그래서 이 작가는 자서전 대필 작업을 더 이상 하지 않는다.

이처럼 대필작가의 경우 열심히 글을 써주었지만, 책에 이름 한자 나오지 않고 남는 게 없으니 보람이 있을 리 없다. 심지어는 성대하게 치러지는 출판기념회에 초대를 받지 못한다. 그래서인지 대필작가를 여러 사람 만나 보았지만 모두 명함이 없었다.

자서전은 자기가 직접 써야 한다. 훌륭한 자서전이란 저자가 온 정성과 진정한 마음을 담아 진실하고 솔직하고 직접 써서 만든 것이 의미 있는 자서전이라고 할 수 있다. 설령 서점에서 아무도 사 주지 않았다고 해도 책을 쓴 사람이 그 책에 자신의 열정과 진심을 담아 내고자 했다면 그 책은 세상 무엇과도 비교될 수 없는 최고의 자서전일 수 있다.

왜 대부분의 작가 지망생이 좌절하고 마는가?

앞에서 살펴보았지만, SNS 시대를 맞이해서 일반인들도 글을 많이 쓰는 시대가 되었다. 특히 자기 분야에서 10년 이상 노하우를 쌓은 사람들은 자기 자신의 업무능력이나 업적, 작업 노하우를 다른 사람들에게 알려주고 싶어서 책을 쓰고 싶어 한다.

변호사, 법무사, 노무사, 변리사, 회계사 등 소위 '사' 자가 붙은 전문직 종사자들, 또 자신의 분야에서 내공 쌓인 장인匠人들도 책쓰기에 유리하다. 다년간에 걸친 자기만의 많은 체험과 독특한 고객 사례가 있어서 소재가 풍부한 편이다. 소재가 풍부한 그런 분들은 세상에 던질 메시지도 많다.

노익장을 과시하는 노년층들은 은퇴를 하고 나서 자신의 인생을 정리하고 싶어 한다.

"내가 살아온 인생을 소설로 쓰면 몇 권이 나온다."

한데 야심을 갖고 책쓰기 작업을 시작한 사람들의 90% 이상이 그 작업을 마무리하지 못한다. 초보 작가들은 처음에는 세상을 깜짝 놀라게 할 아이디어가 있다고 용기 충만해서 달려든다. 책의 제목도 이것저것 만들어 보고, 목차도 짜고, 머리말도 쓰고—하지만 안타깝게도 대부분 오래 가지 못하고 좌절을 겪는다.

처음 책을 쓰는 사람들은 자기 것이 남들 것보다 무척 크다고 생각한다. 그런데 그것을 책이라는 거대한 그릇에 담고 보면 아무것도 아닌 것처럼 보이거나 남들 것과 비슷해 보이기 십상이다. 주관적 관점에서 보면 크게 보이던 주제와 콘셉트가 객관적 관점과 만나 작아지는 굴절현상 때문이다. 또 하나, 아이디어가 아무리 좋더라도 그 아이디어를 책이라는 거대한 그릇에 풀어내서 요리할 능력이 없기 때문이다.

그때 초보 작가들이 겪게 되는 것이 '막막함'이라는 것이다. 그것은 방법을 몰라서다. 더구나 시니어들은 눈이 침침해지고 타이핑 속도는 점점 떨어진다. 게다가 기억력도 자꾸만 떨어지다 보니 메모하지 않으면 금방 잊어버리기도 한다.

전문작가와는 달리 일반인들은 책을 쓰기 위해서 자기가 하고 있는 무언가를 포기하는 용기와 도전정신이 없이는 불가능한 일인지도 모른다. 나이가 들어서 눈은 침침하고 어둡고, 독수리 타법으로 쓰려니 얼마나 힘들겠는가?

여기서 〈핸드폰책쓰기코칭협회〉가 쉬운 방법을 제시한다. 최근의 IT 기술은 사람이 핸드폰에 대고 말을 하거나 핸드폰으로 책자나 인쇄물의 필요한 부분을 사진 찍으면 타이핑 전혀 없이 문서로 작성해 주고, 그렇게 문서로 작성된 것을 예쁜 여성의 디지털 목소리로 읽어준다.

넘쳐나는 온갖 인터넷 자료들, 동영상 중 필요한 것을 핸드폰에 대고 찾으라고 지시하면 바로 찾아서 그중에 내가 원하는 부분만 복사해서 재사용할 수 있다. 핸드폰은 화면이 작지만, 그 화면을 그대로 PC 모니터보다 훨씬 큰 TV로 시청하며 교정도 가능하다. 번역 기능이 대폭 강화되어 이제 300쪽에 달하는 책 한 권의 초벌 번역도 몇 시간이면 끝난다. 그 번역 품질은 믿기 어려울 정도로 훌륭하며 구글 번역기는 104가지 종류의 언어로 통역은 물론 순식간에 번역을 해 준다.

이제 당신은 목소리로 글을 쓰는 방법을 터득하면 된다.

핸드폰에 대고 줄줄이 이야기하면 글이 되기 때문에 설령 글을 써보지 않은 왕초보라도 마음만 먹으면 얼마든지 가능하다. 핸드폰만으로도 웬만한 것을 스스로 해낼 수 있기 때문에 녹음을 따로 한 이후에 고생하며 녹취를 해야 하는 절차가 별도로 필요 없다. 말로만 해도 책을 쓸 수 있고, 타이핑 없이도 글을 쓸 수 있다.

여기에 소개되는 핸드폰에 공짜 앱 기술을 활용하면 이를 상당 부분 말하기로 대체하고, 어려운 신체적 고통에서 해방될 수 있다. 실제로 이 책을 완성하는데 이러한 기술들을 적용하여 책을 쓰다 보니 컴퓨터 타이핑 작업의 경우보다 1/3로 줄인 것 같다. 말만 해도 글이 되고, 이미지를 찍기만 해도 글이 되는 세상이다 보니 왕초보나 컴맹이라도 마음만 먹으면 누구나 도전해 볼 만하다.

책 글쓰기 학교와 1:1 개인 코칭도 대세다

"내 명함 안에 무엇을 담을 것인가."

요즘 퍼스널 브랜딩이라는 말이 유행한다. 나를 하나의 브랜드로 만들자는 캐치프레이즈다. 그것에 가장 적합한 것이 책을 내는 것이며 그때부터 그 책이 내 명함 역할을 한다. 나 역시 책을 '고급 명함', '큰 명함'이라고 얘기하고 싶다. 책을 내는 순간 나에게는 책이 명함이다. 이 명함은 내가 스스로 만들어낸 것이다.

살아오면서 터득한 자신만의 콘텐츠가 있다면 누구나 책을 쓸 수 있다. 적어도 책쓰기는 답답한 현실을 타개하고, 나를 위로해 줄 수 있고, 자신의 영혼을 정제할 수 있는 기회를 가져다준다. 책을 써내고 작가가 됨으로써 때로 시시해 보였던 당신의 인생에 불이 켜질 것이다. 시니어들은 은퇴로 인생이 저무는 것이 아니라 그동안의 삶과 전문지식을 책이라는 매체에 쏟아부음으로써 삶의 또 다른 불을 켜게 되는 것이다. 작가가 됨으로써 여러분은 다른 세상을 만날 수 있다. 자신만의 책을 써낼 수 있다면 운명을 바꿀 수 있다.

그런데 문제는 어떻게 책을 쓰느냐이다.

이 책을 쓰는 과정에서 또 하나의 새로운 사실을 발견했다. 최근 책쓰기나 글쓰기를 가르치는 학원이나 모임이 우후죽순 늘어나고 있다. 요즘은 기업이나 단체뿐만 아니라 학교에서도 책쓰기 코칭 프로그램을 운영하며 학생 저자 양성에도 힘쓰고 있다.

그러나 여기서 조심해야 할 부분이 있다. 책쓰기 강좌를 열어서 수백만 원을 받아 챙기는 몰지각한 비즈니스를 하는 사람들이 많다.

"100% 출간 보장" 책 쓰는 비법을 가르쳐 준다는 광고다. 경험이 없는 사람도 6주만 수업을 들으면 책을 내고, 베스트셀러 작가가 될 수 있다고 뻥을 치기도 한다.

"책을 써본 경험이 없는데 6주 공부해서 가능한가요?"

"물론이죠, 부족한 부분이 있으면 개별 코칭도 해서 충분히 할 수 있을 때까지 계속해 드리거든요. 출판까지 보장됩니다."

작가가 되고 싶은 사람들을 겨냥한 일종의 과외인데, 수강료가 1000만 원을 넘는 경우도 있다. 1일 워크숍은 비용이 40만 원이고, 12주 책쓰기 과정은 자그마치 1200만 원이다. 그 돈 들인다고 해서 과연 책을 낼 수 있을까?

모집 안내문과는 달리 일방적인 강의만 몇 차례 있었을 뿐 체계적인 지도는 받지 못했다고 입을 모은다. 수강생들은 허위 광고에 사기를 당했다며 강사를 경찰에 고발한 경우도 심심치 않게 일어나고 있다.

책을 석 달 만에 쓸 수 있다고 하는 것은 공장에서 상품을 찍어내는 것과 똑같다고 볼 수 있다. 이는 결국, 출판시장의 질을 저하시키는 결과를 가져올 수밖에 없다. 더구나 계약서를 쓰지 않고 현금으로 수강료를 낼 경우, 약속과 다르다는 이유로 환불이나 보상을 받기 어렵다. 허황된 목표를 약속하는 고액 글쓰기 과외는 주의할 필요가 있다.

핸드폰으로 책쓰기 코칭, 무엇이 다른가

나는 지난 20여 년간 대기업보다는 주로 중소기업을 대상으로 인사제도 구축과 인재양성 관련 컨설팅 사업을 해왔다. 처음 10년간은 소위 외국기업들이 하고 있는 컨설팅을 하면서 보고서를 써주고 떠나는 방식으로 진행했다. 그러나 중소기업의 경우는 두꺼운 보고서는 현장에서 거의 시행되지 못하고 그야말로 어려운 숙제장만 던져주고 알아서 해보라는 식인지라 효과가 없었다.

그래서 우리나라에서는 처음으로 인사교육 관련 코칭이라는 방식으로 바꾸어 진행했다. 그 효과는 컨설팅과는 비교가 되지 않을 정도로 달랐다. 즉 제도 구축은 외부 사람의 힘이 아니라 결국 사내에서 자체적으로 해야 하기 때문에 내부 사람들이 자기 상황에 맞게 스스로 결정하고 방법을 모색하는 것이 맞다. 그래서 사람들이 보고서만 멋지게 써주기보다는 진단을 통해 과제를 선정하고, 추진 일정을 잡아 스스로가 하나하나 진행이 될 수 있도록 외부 전문가가 도와주는 방식의 코칭으로 바꾼 것이다. 책쓰기 코칭도 결국 자기가 고민하고 기획하고 스스로가 직접 쓸 수 있도록 코치가 곁에서 도와주는 역할만 수행하는 방식이다.

이와같이 〈핸드폰책쓰기코칭협회〉는 기존 책쓰기 학원이나 코칭 방식과는 차별화된 방법을 제시한다. 그중의 하나가 핸드폰에 제공되는 앱이나 IT 기술을 접목하여 진행하는 점이 기존 방식과 차별화되고 다른 방식이다. 최근의 IT 기술은 사람이 핸드폰에 대고 말을 하거나 핸드폰으로 책자나 인쇄물의 필요한 부분을 사진 찍으면 타이핑 전혀 없이 문서로 작성해 주고, 그렇게 문서로 작성된 것을 예쁜 디지털 목소리로 읽어준다.

넘쳐나는 온갖 인터넷 자료들, 동영상들 중 필요한 것을 핸드폰에 대고 찾으라고 지시하면 바로 찾아서 그중 내가 원하는 부분만 복사해서 재사용할 수 있다. 핸드폰은 화면이 작지만 그 화면을 그대로 PC 모니터보다 훨씬 큰 TV로 시청하며 교정도 가능하다.

번역 기능도 대폭 강화되어 이제 300쪽에 달하는 책 한 권의 초벌 번역도 단 몇 시간이면 끝난다. 그 번역 품질은 믿기 어려울 정도로 훌륭하며, 구글 번역기는 104가지 종류의 언어로 통역은 물론이고 순식간에 번역을 해준다.

이제 당신은 목소리로 글을 쓰는 방법을 터득하면 된다. 핸드폰에 대고 줄줄이 이야기하면 글이 되기 때문에 설령 글을 써보지 않은 왕초보라도 마음만 먹으면 얼마든지 가능하다. 핸드폰만으로도 웬만한 것을 스스로 해낼 수 있기 때문에 녹음 같은 절차가 별도로 필요

없다. 말로만 해도 책을 쓸 수 있고, 타이핑 없이도 글을 쓸 수 있다.

여기서 소개하는, 핸드폰에 공짜 앱 기술들을 활용하면 이를 상당 부문 말하기로 대체 가능하고 장시간 책상 앞에 앉아 있어야 하는 신체적 고통에서 해방될 수 있다. 실제로 이 책을 완성하는데 이러한 기술들을 적용하여 책을 쓰다 보니 컴퓨터 타이핑 작업의 경우보다 1/3 이상 줄일 수 있었다. 말만 해도 글이 되고 이미지를 찍기만 해도 글이 되는 세상이다 보니, 왕초보 시니어들도 코치와 함께 진행하기 때문에 마음만 먹으면 누구나 도전해 볼 만하다.

여기서 중요한 것은 코치의 역할이다. 앞서 언급한 기술을 가진 코치들이 자신의 경험이나 전문성을 발휘하여 가능한 한 자력으로 직접 쓸 수 있도록 기획서부터 책이 나올 때까지의 프로세스에서 코치하는 역할을 수행하는 철저한 도우미 역할이다.

코치는 해당 출판사에 소속되어 활동하되 출판 기획서부터 책이 발간되어 세상에 나올 때까지 원스톱 서비스가 되는 것을 원칙으로 한다. 여기서 코치는 기본적으로 경력이나 전문성에 따라 다음과 같이 구분하며 분야별 혹은 경력별로 풀을 구성하여 저자의 수준에 맞게 선정하여 운영하게 된다.

① 주니어 코치 : 기자, 작가 활동 10년 이상, 책 2권 이상 출간

② 시니어 코치 : 책과 글쓰기 코칭 경력 3년, 책 5권 이상 출간

③ 마스터 코치 : 책과 글쓰기 코칭 경력 10년, 책 10권 이상 출간

따라서 출판사의 경우도 회사마다 특성이 있고 강점이 다른바 분야별로 구분하여 복수의 출판사를 풀로 운영한다. 출판사와 코치는 전문서적, 자서전, 수필, 경제경영, 자기개발, 종교 등 다양한 분야로 구분하여 복수로 지정되어 운영하기 때문에 저자가 필요에 맞게 임의로 선택이 가능하도록 하고 있다.

코칭의 방법, 개인 코칭과 집단 코칭

시니어들은 고도성장기에 얻은 많은 경험과 지식을 자서전, 수필집, 자기계발서 등으로 책을 내고 싶어하는 사람들이 의외로 많다. 그러나 컴퓨터에도 능숙하지 못하고 글이나 책을 써 본 경험이 없다 보니 지금까지 자서전이나 자기계발서 등을 발간하고자 할 경우 대필 혹은 녹취 등을 통해 위탁으로 자비출판을 하는 경우가 많았다.

이러한 시니어들이 코칭을 통해 책을 낼 경우 두 가지 방식이 있다. 즉 개인별로 1:1 코칭하는 방식과 여러 사람들을 모아서 교육과정을 통해 코칭하거나 여러 사람을 동시에 집합 또는 화상회의 같은 비대면 방식으로 가능하다.

개인별 코칭은 출판의 종류나 출간을 원하는 저자의 수준에 따라 개별적으로 코칭을 통해 스스로 글을 쓰도록 하되 책이 나올 때까지 기획 단계에서부터 출간 후 홍보까지 도움을 주고 안내해준다. 아울러 원스톱 서비스를 제공하되 모든 과정은 핸드폰을 활용하는 것을

유형	코칭 과정의 특징	코칭기간	코칭 방법
A형	자서전이나 전문서적을 출간하기 위해 상당 부분 원고나 자료 등 사전 준비가 되어 있어서 약간의 코치 도움만 필요한 경우	3개월	가벼운 윤문, 편집, 디자인 등 출간 프로세스 중심의 코칭을 통해 출판과 연계
B형	출간을 위한 준비가 되어 있으나 상당 부분 내용 자료를 추가하거나 보완이 필요하여 전문코치 등 외부의 도움이 필요한 경우	6개월	기 완성된 글 수정 및 추가 글쓰기 중심의 코칭을 통해 최종 출판과 연계 추진
C형	자서전, 자기계발서, 전문서적 등을 꼭 내려고 계획하고 있으나 준비가 안 되어 있거나 컴퓨터 활용이 자유롭지 않아 외부의 도움이 절대적으로 필요한 경우	12개월	왕초보 수준의 저자가 핸드폰을 활용하여 출판 기획서 작성부터 최종 출판될 때까지 전과정 코칭

기본으로 하며, 스마트 워킹을 통해 시간과 방식을 대폭 효율화하는 방식으로 진행하게 된다. 개별 코칭 유형을 굳이 나누어 본다면 세 가지로 나눌 수 있다.

집단 코칭은 1:1 대상이 아니라 책쓰기 경험이 전혀 없는 왕초보의 경우 책쓰기를 본격적으로 수행하기 위해서는 책 출간 프로세스의 이해로부터 글쓰기를 위한 기본 이해와 실습이 필요하다. 따라서 일정 수준에 이르기까지 집단으로 교육을 통해 코칭하여 실전 중심의 교육을 실시하여 수준을 끌어올리면서 스스로 책을 쓰도록 코칭하는 방식이다.

이 방식은 6~12개월 정도의 기간을 설정하여 집합교육 방식으로 진행되는데 교육내용으로는 핸드폰 활용기술, 핸드폰 책쓰기 프로세스와 출간 성공사례, 핸드폰 활용 책과 글쓰기 실전활용을 포함하며, 과정 마무리에는 공동 문집 발간을 할 수도 있다.

집단 코칭의 다른 방법으로는 기존의 학원이나 작가들이 시행하고 있는 방식과 유사한데 같은 수준의 여러 사람들을 동시에 집단 지도 방식으로 코칭하는 방식이다. 물론 이때도 핸드폰을 적극 활용하는 방식으로 진행되어 시간과 경비가 훨씬 저렴하게 진행이 가능하다.

〈핸드폰책쓰기코칭협회〉는 핸드폰 기술과 스마트 워킹으로 적은 비용으로 책을 쓸 수 있도록 만드는 전문가들이 모인 비영리 단체다. 특히 IT 기술을 적극 활용하는 것이 남다르며 비대면 코칭 방식도 집단 코칭 시에는 가능하다. 책쓰기라는 목표를 정해 놓고 실행과정을 공유하고 모니터링한다. 각 참여자의 책·글쓰기 작업과정은 공유 문서에 기록되며 그 실행 과정에서도 지속적으로 문서를 공유하는 참여자들과의 댓글 교신은 이어진다.

책·글쓰기 실행 과정이 기록되는 즉시 공유된 모든 참여자가 볼 수 있으며 매월 또는 정해진 시점에 코칭 세션이 진행될 수 있다. 4장에서 소개되는 구글 행아웃이란 앱을 활용하면 열 군데 지역까지의 사람들이 한꺼번에 화상회의에 동시에 참석하여 동영상 회의를

할 수 있다. 책쓰기 코칭의 기술적 방법에 대해서는 4장에서 배우게
될 것이다.

코로나 이후 코칭 방식도 달라지고 있다

코로나 바이러스 사태가 일어나면서 비대면 사업이 뜨고 있다. 특히 교육의 경우에 더욱 많은 변화가 일어나고 있는데 코로나 전파의 위험의 차원에서도 바람직하지만 이 방법이 아주 효율적인 경우가 많은 게 비대면 원격코칭이다. 우리 〈핸드폰책쓰기코칭협회〉의 코칭 방법은 핸드폰 기술과 스마트 워크 방식을 활용하여 비대면 코칭으로 저자나 작가가 출판사와 거의 만나지 않고도 코칭이 가능하다.

요즈음은 나이 많은 사람들도 카톡이나 밴드는 잘 사용한다. 우리 협회는 가장 쉬운 소통이나 연락의 방식으로 오픈 채팅 방식을 활용하는데 이 방법으로도 1:1 개인 코칭도 하고 단체 코칭도 진행한다.

카톡을 활용하는 경우 그룹 채팅방을 만들기 위해서는 그룹에 초청 대상자를 일일이 한 사람씩 초청하지 않으면 안 된다. 그러나 오픈 채팅을 활용하면 초청 대상자를 일일이 초대할 필요가 없다. 일단 오픈 채팅방의 명칭과 함께 방을 간단히 작성한 다음 대상자 모두가 모여 있는 장소에서 그 오픈 채팅방의 명칭을 알려주고 합류하도록 부탁하면 그들이 한꺼번에 합류하게 된다. 합류되는 대로 누가

합류했는지를 실시간으로 확인할 수 있다.

여기서 오픈 채팅방을 쓰는 이유 중 하나는 참가자의 제한이나 탈퇴 그리고 불필요하게 들어오는 글을 운영자가 임의로 삭제가 가능하다는 것이다.

또한 참석한 사람들을 대상으로 설문조사를 하는 경우 매우 간편한 방법인데 오픈 채팅방을 작성한 후 바로 설문서 단축 URL을 저장해 두었다가 모든 참석자가 오픈 채팅방에 합류한 후 그 URL을 복사한 다음 카톡 메시지에 다시 붙여넣기 하여 보내면 답신 대상자 모두가 설문서를 즉시 작성할 수 있게 된다. 새로운 오픈 채팅방을 만드는데 수초, 설문서 작성하는데 템플릿을 활용하는 경우 1분 이내, 그리고 모두가 참석한 자리에서 공지하기만 하면 바로 설문서가 작성되고 취합 분석까지 마치게 된다. 모든 대상자를 카톡방에 초대하여 설문서를 배포하고 취합하는 데까지 걸리는 시간이 수분도 안 걸린다. 놀라운 일 아닌가?

여러 명이 카카오톡이나 네이버 밴드 같은 SNS 방식으로 클라우드를 활용하여 자료를 공유하고, 실시간으로 의사소통을 하고 코칭을 받을 수가 있다. 모바일과 클라우드 기술을 활용한 실시간 의사소통이나 공유 시스템은 여러 사람이 한꺼번에 아주 효과적으로 작업할 수 있도록 지원해주기 때문에 공유된 모든 사람들이 스마트폰에서 바로 확인할 수 있다.

이제는 스마트폰과 각종 스마트폰 앱들의 기능이 크게 개선되어 스마트폰 하나만 있어도 언제 어디서나 책쓰기 코칭을 받을 수 있고 스마트 워킹을 할 수 있다.

우리 〈핸드폰책쓰기코칭 협회〉는 구글 드라이브와 구글 문서를 공유함으로써 1:1 개인 코칭도 하고 단체 코칭도 진행한다. 구글 문서가 가지고 있는 여러 사람들과 문서를 공유할 수 있는 기능은 여러 가지 측면에서 매우 강력한 기능이다.

최초 문서 작성자는 특정 자료나 이슈에 대해 실시간으로 열려 있는 의사소통을 위해 함께 하기를 원하는 모든 사람들을 문서 공유자로 초청함으로써 의사소통에 참여시킬 수 있다. 별도로 초청하는 사람이 1명이든 100명이든 상관없다.

이때 각 초청 대상자마다 세 가지의 각기 다른 형태의 권한을 주게 되는데, 첫째가 수정 보완을 함께 할 수 있는 사람들, 둘째가 그 문서에 댓글을 달 수 있는 사람들, 셋째는 그 문서를 읽을 수만 있는 사람들의 세 그룹으로 분류하게 된다. 세 가지 각각의 권한마다 100명까지 초청하여 공유할 수 있다. 따라서 이론적으로는 한 문서에 최대 300명까지 초청할 수 있게 되는 것이다.

더구나 핸드폰에 대고 말로 글을 쓸 경우에 저자가 국내 혹은 해외 어디에서 멀리 떨어져 있더라도 리얼타임으로 코치의 노트북이나 PC에서 동기화되어 화면에 찍히므로 언택트 방식으로 코칭이 가능한 세상이 되었다. 이러한 기술은 4장에서 자세히 다룬다.

핸드폰으로 책쓰기 코칭이 기대하는 효과

친한 친구 중에 시골 출신이지만 열정적으로 세상을 살다 보니 꽤 잘 나가던 친구가 있었다.

삼성에서도 남들보다 일찍 임원이 되고, 일본 대기업의 한국 사장을 하면서 최초의 외국인 등기임원으로까지 활동하고 있었다. 친구는 그동안 살아온 인생에 자식과 후배들한테 남기고 싶은 이야기가 있다면서 자서전을 내야겠다고 문의해왔다. 잘 아는 출판사와 3천만 원에 계약을 하고 녹취를 통한 대필을 통해서 책을 내기로 했다.

글을 한 번도 직접 써본 적도 없고 늘 바쁜 친구인지라 젊은 작가가 녹음기를 가지고 일주일에 한두 번씩 만나서 녹음하고 계속 녹취를 통해서 글을 정리한 후 본인에게 확인 절차를 거치며 보완해 나갔다. 그러나 이 친구가 워낙 바쁘다 보니 일정은 자꾸 지연되고 바쁜 와중에 녹취를 하려니 스토리가 제대로 전달되지 않아 수정사항이 많아졌다.

글이 본인 의도와 다르게 나오기도 하여 마음에 들지 않으니 재차 녹취를 해나가며 겨우겨우 책을 만들어나갔다. 그런데 2년여 세월이 지나가는 사이에 갑자기 암에 걸려 돌연 세상을 하직하고 말았다. 결국은 이 책이 나올 수 없는 상황이었지만 그래도 착한 딸이 유고집으로 책을 완성해서 세상에 나오게 되었다.

만일 그때 핸드폰 기술을 활용하여 그 책을 녹취라는 절차를 거치지 않고 바로 썼더라면 최소한 기간을 1/3 이상 단축하고 경비도 대폭 낮출 수 있었을 것이다. 무엇보다도 이 책이 세상에 나왔지만, 본인이 직접 쓰지 않았다는 사실 때문에 살아온 일대기 중심인지라 좀 더 의미 있고 감동을 줄 수 있는 책이 될 수 없었다는 것이 못내 아쉬웠다. 결국 그 책은 출간된 뒤 지인들에게 나누어 주고 말았는데 그 책을 몇 사람이 끝까지 읽었는지는 알 수 없다.

반면에 필자가 아는 76세 K 전무는 글을 써 본 일이 전혀 없다 보니 대필 자서전을 생각했지만, 필자의 제의에 따라 본인이 직접 글쓰기 공부도 하고 2년에 걸쳐 글쓰기에 노력해서 책을 완성했다.

50년 동안 한 직장에서 겪은 경험을 본인이 직접 쓰다 보니 이야기 하나하나가 생동감이 넘치고 의미가 있었다. 더구나 딸, 아들, 사위 그리고 손자, 손녀까지 가족 전체가 참여하는 가족문집으로 발전하면서 훌륭한 가족문집으로 곧 세상에 빛을 볼 것 같다.

참으로 의미 있는 일이다. 이분은 분명 이 책 한 권에 그치지 않고 다음 책을 또 직접 쓸 것으로 기대한다.

또 한 분은 80이 넘으셨다며 이제 죽기 전에 자서전을 내야겠다고 찾아오셨다. 자비로 2천여 권 찍어 내시겠다고 하시면서 몇천만 원이 드냐고 필자한테 물어봤을 때 직접 해보시라고 말씀드렸다. 처음에는 불가능하다고 손사래를 치셨지만, 그 뒤 용기를 내시고 직접 쓰기로 작정하셨다.

먼저 핸드폰 책쓰기 교육을 서너 번 들으시고 핸드폰을 통해 글을 계속해서 쓰고 다듬어 1차 원고를 끝내고 이제 마지막 정리만 한다면 곧 세상에 책이 나올 예정이다. 이분은 대필이 아니고 직접 책 쓰기에 도전하니 스스로가 신이 나고 글 쓰는 멋을 알게 되어 계속 보완이 되다 보니 갈수록 내용이 좋아지고 있었다. 본인이 해냈다는 자부심은 물론 내용이 좋아져 출판사에서 정식출간하여 시중에 팔기로 작전을 변경했다.

이 두 사례를 볼 때 대필이 아니고 본인이 직접 쓰게 되면 내용이 충실해지는 것은 물론 2~3천여만 원의 경비도 쓰지 않고도 가능했다는 사실이다. 대필로 대신 써 주는 것보다는 전문가가 옆에서 가이드를 주고 방법을 코칭하면서 직접 하도록 하는 이것이 책쓰기 코칭의 핵심이다.

그런 의미에서 책쓰기 코칭을 통해서 책을 쓴다고 한다면 첫째, 책의 콘텐츠가 충실해지며 내용도 탄탄해진다. 직접 쓰다 보니 스토리가 사실에 가깝고 흥미 있게 전개가 될 수 있어 내용이 계속 좋아지면서 출판사도 같이 노력해서 상품 가치가 대필의 경우보다 몰라보게 올라간다.

둘째, 자비출판으로 할 경우는 출판사들이 어차피 받은 돈이라 단지 윤문을 해주고 찍어만 주는 경우가 많고, 책이 나와도 지인들에게 나누어주고 끝낸다. 정성을 들인 책은 시판이 가능하기 때문에 본인은 물론 출판사와 같이 노력해서 상품 가치를 높여 시중에 판매가 가능하다.

셋째, 직접 책을 쓰려면 상당한 노력을 해야 한다. 자료도 찾아봐야 되고, 고민도 해야 되기 때문에 시간이 너무 잘 간다. 그러다 보면 시니어들은 정신건강도 좋아지고 주말에 시간을 효율적으로 활용하게 되어 삶의 새로운 활력소를 갖게 된다.

넷째, 계속 노력하다 보면 생각보다 좋은 책이 돼서 베스트셀러가 될 수도 있다. 좋은 책은 신문이나 잡지에서 홍보도 해준다. 이 경우에 책이 히트를 치고 알려지다 보면 강의로도 연결될 수 있고 방송 출연의 기회도 오게 되어 몸값이 올라갈 수도 있다.

다섯째, 핸드폰 앱을 활용하고 스마트 워크를 통해 언택트 방식으로 공유문서나 행아웃 같은 앱을 활용하여 진행한다면 소요되는 시간이나 경비를 3배 이상 대폭 줄일 수 있다.

마지막으로 가장 중요한 것은 대필의 경우 그 책 하나로 끝이지만 본인이 책을 직접 써서 낸 경우는 반드시 다음 책을 내기 위해서 다시 도전하는 용기를 갖게 한다.

따라서 책을 대신 써주기보다는 전문가가 코칭을 통해서 출판사와 같이 합작으로 책이 나올 때까지 도와준다면 출판사나 작가 그리고 저자에게도 가치가 있고 의미가 있는 일이 된다. 핸드폰으로 책 쓰기 코칭이야말로 지금까지의 자서전 출판에서는 볼 수 없는 새로운 장을 열 수 있다.

"이번 교육은 시니어들에게 그야말로 복음과 같았습니다."

"금번 교육은 가성비와 옥탄가 높은 공부 정말 고맙습니다."

"이번 교육은 시니어들에게 여명의 밝음을 주었는데 1000만 시니어들이 다 들었으면 좋겠습니다."

시니어들을 대상으로 2017년 초에 "핸드폰으로 책과 글쓰기" 과정을 처음 개설하여 교육을 마친 후 교육생들이 보내준 소감들이다. 사실 그당시에 시니어들을 위한 핸드폰으로 책 글쓰기 과정은 2~3회로 끝날 것으로 생각했다. 왜냐하면 핸드폰으로 책이나 글을 쓴다는 사실에 아무도 믿어주지 않아 교육생 모집이 지속적으로 가능하지 않았기 때문이다.

그런데 예상치 않았던 일이 벌어졌다. 교육을 받고 난 사람들이 구전으로 과정을 추천해주기 시작한 것이다. 그야말로 '고객에 의한 고객 개발' 인 셈이 되었다. '말로만 해도 글이, 찍기만 해도 글이 된다' 는 사실에 모두들 놀라고, 왕초보들도 책쓰기에 도전할 수 있는 용기와 희망을 주는 계기가 되었기 때문이다.

"저는 70 평생에 이런 도움 되는 감동의 교육은 처음입니다!"

5년 전 은퇴하신 모 대학 노교수의 교육 소감이다. 실제로 강의를 하다 보면 가장 어려운 상대가 교수님들이다. 그런데 이 과정에서 가장 열심히 들어준 분들은 65세로 교직에서 은퇴하신 분들이었다.

총장님들도 네 분이나 이수했다. 그동안 조교나 남들이 타이핑부터 번역까지 전부 도와주다 손발이 묶이고 보니 하고 싶은 일들을 할 수 없었기 때문에 감회가 남달랐던 것 같다.

그다음으로는 대기업에서 퇴임한 사장과 임원들이다. 역시 이분들도 남들의 도움으로 모든 게 가능했었는데, 막상 은퇴하고 나서 홀로서기에는 역부족이기 때문이었다.

이 과정은 코로나로 인해 잠시 중단되었지만 4년 동안 계속되는 진기록을 세우고 있는데 앞으로 더욱 활성화시켜 나갈 예정이다.

Lorem Ipsum

Pellentesque habitant morbi
tristique senectus et netus et
malesuada fames ac turpis
gestas.

제3장

디지털 언택트 시대,
책쓰기도
변신이 필요하다

글쓰기의 세 번째 혁명 〈폰으로 글 말하기〉

이 책을 쓰면서 우리 공저자들은 모두 책쓰기가 진화하고 있다는 사실을 새삼 깨달았다. 책쓰기는 어디까지 진화할 것인가? 그것은 책이 어떤 형태로 진화한 것인가에 따를 것이다. 모든 문명은 도구의 발달과 함께 진보하고 변화되어 왔다.

인류는 말하는 능력을 획득한 이후 문자를 발명했고, 문자를 얻은 후에 급속한 문명의 발달을 가져왔다. 문자 기록은 전前세대의 기억을 오랫동안 남길 수 있게 했고, 그것은 지식과 지혜가 되어 다음 세대가 보다 나은 삶을 살아가도록 만들어 주었다. 그러는 사이에 글을 기록하는 방식도 많은 변천을 했다. 이제 우리는 글쓰기의 세 번째 혁명을 맞고 있다.

1. 펜으로 글쓰기
2. 타자로 글 두드리기
3. 폰으로 글 말하기

최초로 점토판이나 죽간竹簡에 글을 새겨넣던 시대도 있었고, 잉카 제국의 결승문자 '키푸Quipu'처럼 끈으로 매듭을 지어 기록을 남기던 시대도 있었으나, 문명의 폭발을 가져온 것은 종이가 발명된 이후부터다. 펜으로 글쓰기는 장구한 세월 동안 지속되어 온 문자 기록 방식이다. 타자기가 발명되면서 인류는 문명사의 거대한 전환을 가져왔고, 그것은 컴퓨터의 발명으로 이어지면서 거대한 현대 문명 사회를 구축했다. 타자기의 자판과 컴퓨터의 자판은 거의 동일하다. '타자로 글 두드리기' 시대다. 이는 인류에게 디지털 문명의 시대를 열어 주었다. 그런데 우리는 글쓰기의 세 번째 혁명을 맞고 있다.

폰으로 글 말하기

앞에서 누누이 설명했듯이 핸드폰에 대고 말을 하면 글이 되고, 그 말하기를 체계적으로 꾸준하게 계속하면 책이 된다.

우리 공저자들은 '폰으로 말하기' 시대가 '타자로 글 두드리기' 시대보다 더 큰 문명사적 진보를 가져올 것이라 믿으며 우리 〈핸드폰책쓰기코칭협회〉가 그 최첨단 있음에 커다란 자부심을 느낀다. 우리 〈핸드폰책쓰기코칭협회〉는 '폰으로 글 말하기' 시대를 선도할 것이다.

'폰으로 글 말하기'는 글쓰기의 새로운 혁명이며 문명사적 요청이다.

'폰으로 글 말하기'는 '펜으로 글쓰기', '타자로 글 두드리기' 시대의 종언을 가져올 것이다.

펜으로 글을 쓰거나 타자로 글을 두드리는 작업은 인간의 신체 작용을 구속한다. 오랫동안 책상 앞에 앉아서 같은 동작을 하다 보면 몸에 무리가 간다. 허리가 아프거나 목이 뻣뻣해져서 직업병에 걸리기 십상이다.

반면, '폰으로 글 말하기'는 신체를 자유롭게 한다. 이제는 책상 앞에 붙어 앉아서 작업할 필요가 없다. 사무실에 있을 필요도 없다. 산책하면서 '글 말하기'로 글을 쓰고, 자동차 운행 중에도, 심지어 침대에 누워서도 글 말하기 작업을 할 수 있다. 바야흐로 우리는 문명사적 전환의 시대에 처해 있는 것이다.

책쓰기는 어디까지 진화할 것인가?

그렇듯이 책 쓰는 방법도 책의 형태도 진화하고 있다. 오태동 교수의 다음 글을 보자.

20여 년 전 레이 커즈와일이 특이점Singulality이 온다고 한 2040년 새해가 밝았다. 그가 인공지능 기계가 인류의 역량을 비로소 뛰어넘는다고 호언장담한 날이다. 이른바 AI 르네상스가 드디어 만개했다. 지난 세월 동안 수많은 사회변혁과 삶의 변화가 있었다. 2020년대의 코로나 사태 이후 지구촌은 여러 차례 변형 바이러스의 침공을 받으며 쪼그라들었다. 글 쓰는 작가란 직업 세계도 그동안 많은 변화가 있어 코쿤Cocoon화 되었다.

그때는 글쓰기 작가 동호인 대면 모임도 왕성했지만, 이제는 모든 것이 사이버 세계로 비대면 네트워크화되었다. 돌아다보면 2020년 대에는 모니터를 2~3대 놓고 자판을 두드리며 책 쓰기를 했던 추억도 있고, 스마트폰의 뛰어난 기능으로 구글 드라이브에 STT(Speech to Text)와 TTS(Text to Speech) 엔진을 자유자재로 활용하며 책쓰기를 했던 시절도 있었다. 지난 세월 원고지나 종이에 글을 쓰던 방식에서 타자기 시대를 거쳐 워드나 한글 프로그램으로 자판을 두드리고 에버노트를 쓰던 시기도, 그리고 20년 전 Smart Phone 글쓰기 시절의 아련한 옛 추억도 떠오른다. 그 모든 것이 역사의 뒤안길로 아련하게 사라져갔다.

지금은 2040년, 나의 경이로운 작가생활 하루를 여러분께 소개해보고 싶다. 나의 일과는 새벽 4시에 시작된다. 인간의 의식이 가장 명료한 시간이 동트기 전이기 때문에 나는 이 시간을 가장 창조적인 시간으로 활용하고 있다. 내 옆에는 인공지능 AI 책봇BookBot이 24시간 보좌하며 나의 책쓰기를 돕고 있다. AI 책봇이 새벽 4시에 은은한 음악과 시 낭송과 함께 나를 깨운다." 주인님, 이제 일어나세요~!" 그는 밤사이에 내가 지시한 일거리를 이미 두 시간 전에 다 끝냈나 보다. 아직 사위四圍가 어둠에 싸여있으나 몸은 가볍다. 서재 겸 침실은 책쓰기를 할 때 몰입을 위해 특별 설계된 곳으로 벽 사면이 투명 액정 유리로 되어있고 언제나 멀티 컴퓨터 화면으로 전환할 수 있다.

너무 앞서 나간 상상 같지만, 핸드폰이 지금 스마트폰으로 진화한

지난 10여 년을 뒤돌아보면 불가능한 일도 아닐 것 같다. 『사피엔스』의 저자 유발 하라리는 "앞으로 몇십 년 지나지 않아 유전공학과 생명공학 기술 덕분에 인간의 생리 기능, 면역계, 수명뿐 아니라 지적, 정서적 능력까지 크게 변화시킬 수 있게 될 것"이라고 예측하고 있지 않은가.

그런데 지금도 원고지를 고집하는 사람들이 있다

그런데도 원고지에 만년필이나 연필로 또박또박 글을 새겨 넣으며 원고를 작성하는 작가들이 있다. 최인호 작가가 그랬고, 김훈 작가가 그렇다. 최인호 작가의 경우 엄청난 난필亂筆이라서 그의 글씨를 제대로 읽어내는 사람이 모 출판사 직원 한 명뿐이었다고 한다. 그 사람이 비서처럼 최인호 작가를 따라다니면서 타자 작업을 해냈다 한다. 얼마나 비능률적인 작업인가? 김훈 작가는 연필을 깎아서 또박또박 글을 쓴다. 그는 기자 출신임에도 불구하고 그렇게 작업을 한다. 장인匠人 정신이지만 그다지 추천하고 싶은 방식은 아니다.

전자계산기가 나왔을 때 주판은 사라졌다. 내가 아는 어느 상인은 학교를 다녀본 적이 없는데 계산기 덕분에 장사를 할 수 있었고, 많은 돈을 모을 수 있게 되었다고 하는 소리를 들었다.

내가 1972년도에 대기업에 처음 신입사원으로 입사했을 때, 경리 부서의 상고 출신 직원들이 손가락이 안 보일 정도의 빠른 속도로 주판으로 계산하는 것을 보고 놀랐다. 주산 7단에 암산까지 해대는 그들 앞에 대졸사원들은 기를 펴지못했다. 젊은 사람들이 자판을 보지도않고 양손으로 쳐대는데 시니어들이 독수리 타법으로 자판을 두드리는 모습과 같다.

그러나 전자계산기가 등장하면서 더 이상 주판을 볼 수 없게 되었다. 이제 주판알을 굴리며 계산을 하던 시대는 그야말로 '전설의 고향'에나 나올 법한 일이 되고 말았다.

이제 우리는 스마트폰이라는 신무기를 손에 들고 원고지를 대신해 쓸 수 있고, 주판 대신 계산을 할 수 있다. 여담이지만, 일본에서는 요즘 주산 배우기 붐이 한창이란다. 초등학생들의 두뇌계발과 수학 교육에 큰 도움이 된다는 이유에서다. 실용적인 목적을 위해서라기보다는 계산 능력을 향상시키고 집중력을 길러주기 위해서란다.

한국은 컴퓨터 코딩 교육 의무화를 하고 있는 반면 일본은 주판으로 돌아가고 있다. 장인이 직접 손으로 만든 주판은 우리 돈으로 100만 원에 달한다. 문제는 일본이 전 세계에서 유일하게 어린이들이 컴퓨터 사용률이 떨어지고 있다는 점이다.

2008년도에 일본 노트북에 있는 가정은 48%였다. 그런데 지금은 35%밖에 안 된다. 반면 한국은 63%가 노트북을 갖고 있다. 디지털 시대에서 일본은 여전히 아날로그다. 아날로그 왕국인 일본은 디지털 사회로의 전환에 전혀 대응하지 못한 채 개발도상국 수준으로 떨어지고 있다. 디지털 시대에 일본은 우리와 라이벌 경쟁상대조차 되지 않는다. 아날로그 국가 일본은 디지털 한국을 벤치마킹해야 할 것이다. 액티브 시니어들이여! 스마트폰이라는 신무기를 손에 들고 한국의 파워 시프트를 보여주자.

시니어들은 100만 원짜리 핸드폰이 고작 3만 원 전화통

요즈음은 나이와 관계없이 누구나 최신 스마트폰을 쓴다. 그 값이 TV 한 대보다 더 비싼 100만 원대다. 폴더폰 같은 경우는 240만 원이 넘는다. 나이든 시니어들도 예외 없이 비싼 핸드폰을 쓰고 있는데 대개 아들딸들이 사 주기 때문인데 사실은 거의 전화통화나 카톡 정도의 기능만을 활용하고 있기 때문에 사실 3만 원 정도의 전화기 정도로만 쓴다. 100만 원짜리 핸드폰을 고작 3만 원짜리 전화통으로 사용하는 사람들이 너무 많은 것이 안타깝다.

비싼 핸드폰을 제대로 쓰는 방법을 알아야 액티브 시니어가 될 수 있다. 스마트폰이 가지고 있는 기능은 이루 열거하기 힘들 정도로 많다. 앞으로 이 격차는 스마트폰을 잘 사용하는 사람과 그렇지 못한 사람으로 나누어질 것이다.

현대인은 인터넷 SNS 글쓰기로 글 쓰는 습관에 길들어져 있다. 액티브 시니어들은 트위터, 페이스북Facebook, 카카오스토리, 밴드 활동을 하면서 글쓰기에 익숙하다. 과거에는 논문 한 편을 쓰려면 도서관에 가서 자료를 찾고 그것을 수북이 쌓아놓고 부산을 떨면서 몇 달씩 걸렸으나 이제 인터넷은 거의 무한대의 자료 창고다. 문명의 이기를 최대한 활용할 수 있는 사람이 가장 큰 성공을 거둔다.

책을 처음 쓰는 사람들한테 가장 시간이 많이 걸리고 중요한 것이 자료수집이다. 정보수집을 위해서는 실제 최신 도구들을 잘 활용해야 한다. 4~5년 전까지만 하더라도 나는 정보 정리에 편리한 정리박스를 활용했다. 내가 상당한 기간 동안 사용해 온 정보수집 박스와 메모용 수첩은 이제 컴퓨터와 핸드폰 자료 관리로 대체되었다.

그런데 최신 기술을 모르는 사람들은 책을 읽다가 필요한 부분이 생기면 복사하여 스크랩해 놓던가 책 자체에 포스트잇을 붙여 놨다가 나중에 필요할 때 찾아내어 PC에서 타이핑하는 방법 이외에는 별다른 수단이 없었다. 필요하다고 생각하는 자료들을 보관하는 방법도 문제였었다. 그러나 지금은 필요한 부분은 어디에서, 언제 발견하였든 장소와 시점에 관계없이 언제든지 사진을 찍기만 하면 텍스트 문서로 컴퓨터에 저장된다.

정보수집은 정보검색으로 원하는 정보를 거의 해결해준다. 특히 PC를 쓰지 않고도 이제 핸드폰에서 말로 명령만 내리면 언제 어디서든 각종 검색엔진에 들어가 필요한 자료를 찾아 준다. 그 자료를 즉시 복사하여 내가 저장하고자 하는 형태로 클라우드에 저장해 놓을 수 있다.

더구나 외국 서적이나 자료에서 책 집필에 필요한 부분이 있다면 이제는 걱정할 필요가 없다. 필요한 부분을 사진을 찍거나, 혹시 전자책으로 읽을 수 있는 책자라면 그 문서를 그대로 번역기에 넣기만 하면 즉시 번역해 주기 때문에 예전에 비하면 책쓰기가 엄청나게 유리해졌다. 관심 있는 정보를 얻기 위해서 안테나를 뽑아 놓기만 하면 관련 정보가 모아질 수 있기 때문에 관심을 두기만 한다면 정보 수집은 걱정할 필요가 없는 세상이 되었다.

스마트폰 하나만 있어도 언제, 어디서나 스마트 워킹할 수 있다. 스마트폰 하나만 있으면 걸을 때나, 대중교통에 타서나, 산행할 때나, 해변에 있을 때나, 비행기를 타고 있거나, 또는 집에 있을 때도 업무를 볼 수 있다. 업무상 필요한 데이터를 즉시 찾아내서 보고, 듣고 이해할 수 있다.

보다 깊은 이해가 필요하다면 대상이 되는 스마트폰의 자료 상에서 스마트폰에 대고 말로 하여 댓글을 작성하면 그 자료에 공유되어 있는 모든 사람들로부터 실시간으로 댓글 답신을 받을 수 있다. 협업하는 모든 사람들이 문서를 공유하기만 하면 수정할 때마다 별도의 이메일을 관련되는 모든 사람들에게 보낼 필요가 없다.

이제는 스마트폰과 스마트 워킹 관련 기술의 엄청난 발전으로 인해 과거에 수도 없이 많은 회의, 보고서 작성, 국내외 출장, 어디 있는지 찾기도 힘든 정도의 수많은 이메일 교신을 통해 진행해 왔던 일하는 방식을 스마트폰 하나만으로도 스마트 워킹과 실시간 의사소통의 방식으로 바꿀 수 있게 되었다.

이제 스마트폰을 잘 다룰 줄 모르던 시니어들이 앞장서서 스마트폰에 대한 인식을 바꾸고 3만 원 정도의 기능만을 활용하던 100만 원짜리 스마트폰을 1000만 원 이상의 효과를 내는 스마트 워킹 도구로 잘 활용하기 시작했다. 액티브 시니어들이 일하는 방식의 혁명의 선구자가 되어 우리 사회 전반에 스마트 워킹을 뿌리내린다면 그 효과는 상상하기 어려울 정도라는 것을 인식해야 한다.

책 글쓰기, 핸드폰 하나면 충분하다

핸드폰이 스마트폰으로 진화하면서 PC나 노트북보다 똑똑해졌다. 이제는 특별한 다른 하드웨어나 소프트웨어가 없이도 스마트폰만 잘 활용하면 글을 쓰고 책을 쓸 수 있다.

앞으로 소개하게 될 말하면 문서가 작성되는 기능(STT: Speech to Text), 이미지를 사진 찍으면 문서가 작성되는 기능(ITT: Image to Text), 문자를 읽어 주는 기능(TTS: Text To Speech)은 PC에는 없는 기능이다. 물론 STT의 경우 특이하게 구글 문서에서는 그 기능을 PC에서도 구현할 수 있다. 그리고 더욱 중요한 것은 일반적으로 일상생활에서 PC나 노트북을 들고 다닐 수 없는 상황에서 스마트폰만 들고 다녀도 언제든지, 어디서나 스마트 워킹을 할 수 있도록 지원해 주는 것이 가장 큰 이점이라고 하겠다.

이와 같이 스마트폰이 기능적으로는 PC보다 더욱 똑똑해졌는데 문제는 성능 상으로는 PC나 노트북에 비해 많이 뒤떨어진다는 것을 잘 이해하고 활용해야 한다. 스마트폰은 간혹 무슨 이유인지 알 수 없이 갑자기 기능이 작동하지 않는 경우가 생긴다. 그 동안 내가 교육했던 많은 나이 많은 사람들이 이런 상황에 대해 불평을 늘어놓는다. 그때마다 나는 '그냥 껐다가 켜세요.'라고 이야기한다. 이 책에서 소개하는 모든 스마트폰 앱들은 자동 저장 기능이 있어 문제가 생겨 스마트폰을 껐다가 켜더라도 이전 데이터는 이미 자동 저장되어 있다. 걱정하지 않아도 된다.

스마트폰 앱으로 무슨 작업을 하고 있는데 갑자기 전화가 와서 전화를 받는다. 그렇다고 스마트폰 앱에서 작업하던 것이 중단되거나 데이터가 날라 가지 않는다. 통화가 끝나고 다시 돌아가기만 하면 된다. 똑똑하다.

간혹 어떤 앱의 한 기능이 갑자기 작동하지 않는 경우가 있다. 이때는 그 앱을 지워 버리고 다시 다운로드받으면 된다. 그러면 또 많은 사람들이 그럴 경우 고장 나기 전까지 그 앱에 저장되어 있던 데이터가 날라 가지 않느냐고 걱정한다. 그러나 내가 항상 강조하듯이 그 데이터가 내 스마트폰에 별도의 조치 없이 저장되어 있었더라면 날라 갔을 것이다. 그러나 걱정하지 마시라. 앞으로 소개될 앱에서 생성된 데이터는 모두 클라우드에 저장될 것이다. 그러므로 앱만 새로 다운로드받으면 그 데이터들은 클라우드 서버에 그대로 살아 있다.

스마트 워크로 공저 책쓰기의 혁명

바야흐로 대중지성의 시대다. 손 안의 스마트폰으로 세상 모든 정보와 자료를 검색해볼 수 있고 그것을 곧바로 응용할 수 있는 시대다. 인터넷 검색 능력, 그리고 그 정보와 자료를 응용하는 능력이야말로 대중지성의 요체임을 끊임없이 환기시켜 준다.

그런데 최근에는 그런 능력과 뜻을 같이 하는 가까운 사람들이나 직장인들이 다 같이 정보와 자료를 공유할 수 있는 시스템이 구축되었다.

그것이 바로 인터넷 기반 클라우드 컴퓨팅cloud computing 시스템이다. 클라우드 컴퓨팅의 정의는 개인이 가진 단말기를 통해서는 주로 입/출력 작업만 이루어지고, 정보분석 및 처리, 저장, 관리, 유통 등의 작업은 클라우드라고 불리는 제3의 공간에서 이루어지는 컴퓨팅 시스템 형태라고 할 수 있다.

클라우드 컴퓨팅이 일반화되면서 인터넷상에 자료를 저장해 두고, 사용자가 필요한 자료나 프로그램을 자신의 단말기에 설치하지 않고도 인터넷 접속을 통해 언제 어디서나 이용할 수 있게 되었다. 클라우드 서비스를 통해 인터넷상에 저장된 자료들은 간단한 조작 및 클릭으로 쉽게 공유하고 전달할 수 있다. 인터넷상의 서버에 단순히 자료를 저장하는 것뿐만 아니라, 따로 프로그램을 설치하지 않아도 웹에서 제공하는 응용 프로그램의 기능을 이용하여 원하는 작업을 수행할 수 있으며, 여러 사람이 동시에 문서를 공유하면서 전 세계 어디에서든지 작업을 진행할 수 있다.

우리가 사는 시대는 서로 다른 기술, 전문성, 강점이 만나 새로운 결과물을 만들어내는 초연결Hyper Connectivity과 융복합의 시대다. 정보

통신기술과 바이오 기술이 융합되고 인문학과 자연과학, 한방과 양방, 뇌과학과 신체 과학 등 서로 합쳐지기 어려울 것 같은 분야에서 통합적인 방법을 찾아내고 있다. 지금까지는 경쟁을 잘하는 조직이 살아남았다면 융복합 시대에는 수평적인 협업 문화를 조성해 협업을 가장 잘해 나가는 조직이 살아남게 될 것이다. 실제 단기간에 글로벌기업으로 성장한 구글, 애플, 알리바바 등도 모두 협업 문화로 성장을 이끌어낸 기업들이다.

책쓰기도 협업의 시대를 맞아 꼭 필요한 방식이다. 이제 한 분야의 전문성만으로는 대응할 수 없고, 전문성의 변화의 속도는 더 빨라질 것이기 때문이다. 더구나 모바일과 클라우드 기술을 활용한 실시간 의사소통이나 공유 시스템은 여러 사람이 한꺼번에 작업을 아주 효과적으로 할 수 있도록 지원해주기 때문에 여럿이서 공저를 하는데 아주 유리하다.

주로 구글 드라이브 공유에 넣고 실시간으로 둘이서 댓글을 통해 수정이나 주문 사항을 요청하기도 하고, 수정 내용을 바로 요청 가능하기 때문에 전화를 하거나 문서로 보낼 필요도 없다.

더욱 중요한 것은 서로 쓴 글들을 수시로 확인할 수 있기 때문에 자동적으로 눈높이가 조절되는 효과도 있으며, 일정 관리가 아주 용이하게 된다. 사실 여러 명이 글을 쓸 경우 한 사람만 문제가 생겨도 출간을 못하는 경우가 많은데 이를 자동 해결할 수 있다는 장점이 있다. 이 책도 공동 저자 3인이 구글 드라이브 공유문서를 통해 진행했는데, 전에 따로따로 써서 통합작업 했던 방식에 비하면 3배 정도

빠르게 끝낼 수 있었고 일정관리도 매우 용이했다.

구글 드라이브는 개인이 활용할 경우 1인당 15GB의 공간을 무상으로 제공하며 드라이브상에서 직접 작성한 구글 문서들은 수십만 장을 저장하더라도 무료로 주어지는 공간에 추가 공간을 요구하지 않기 때문에 무한대로 저장할 수 있다. 더구나 구글 문서는 리얼타임으로 자동저장 기능이 있어서 문서를 날릴 염려가 절대 없다는 특징이 있고, 고칠 때마다 이전 버전을 그대로 찾아볼 수도 있다.

물론 상의하거나 수정 내용은 댓글로 만나지 않고도 의사소통이 가능하다. 따라서 교정 시에도 서로 확인이 가능하기 때문에 아주 유용하게 활용할 수 있어서 편리하다. 구글 이외에도 네이버 클라우드 (30GB 무상제공), Dropbox (2GB 무상제공)나 OneDrive (5GB 무상제공), 한컴 넷피스24 (2GB 무상제공) 및 기타 여러 가지의 무상 저장 공간 확보를 위한 수많은 앱들이 있다.

언택트 시대 책쓰기 코칭도 스마트 워킹으로

나이 많은 사람들도 카톡이나 밴드는 잘 사용한다. 얼마나 유용한지를 알기 때문이고 안 쓰면 실생활에서 너무 불편하기 때문이다. 시니어들은 카톡이나 밴드는 사용하면서 클라우드 컴퓨팅을 하고 있는 것이다.

최근의 IT 기술은 대부분 클라우드 환경을 지원하고 있다. 이제는 별도의 시스템 없이 스마트폰만으로도 스마트 워킹을 할 수 있게 되었다. 〈핸드폰책쓰기코칭협회〉는 우리 시니어들을 스마트폰만으로도 책 글쓰기 전문가를 만들어 가고 있다.

그런데 스마트 워킹을 위한 선결과제는 데이터를 클라우드로 이전시키는 일이다. 만일 독자의 업무에 필요한 데이터가 회사에 위치한 PC나 서버에 저장되어 있다면 특별한 시스템을 큰 돈을 들여 준비하지 않는 한 그 업무를 마치기 위해 그 PC나 서버가 위치한 회사에서 일해야만 한다.

그러나 일단 데이터를 클라우드로 올리는 순간 언제든지Any time, 어디에서든지Any place, 어떤 디바이스로든Any device 즉 스마트폰으로 일할 수 있는 업무혁신 시대가 열리게 되는 것이다.

일단 데이터가 클라우드로 올라가면 스마트 워킹을 위해 가장 먼저 숙달해야 하는 것이 바로 인공지능과 딥러닝Deep Learning의 가장 큰 수혜 기술인 음성 및 이미지 인식 기술을 즉시 활용하고 지속해서 습관화하는 것이다. 어려운 일도 아니다. 이제는 스마트폰의 기능과 앱들의 기능이 워낙 발전하여 별도의 소프트웨어나 하드웨어 없이 스마트폰만 가지고도 스마트 워킹, 유연근무, 재택근무, 원격교육을 시행할 수 있다.

말하자면 책 글쓰기 코칭도 스마트 워킹으로 실행할 수 있다. 코로나19 사태로 교육현장에서도 비대면 교육이 활발하게 시행되고 있는데 책 글쓰기 코칭이야말로 스마트폰만 가지고도 얼마든지 원격교육을 시행할 수 있다.

〈핸드폰책쓰기코칭협회〉는 진화하는 스마트 워킹의 진수를 보여주고 있다. 스마트 워킹을 통한 협업 효과는 놀랍기만 하다.

〈핸드폰책쓰기코칭협회〉는 구글 드라이브를 통해서 구글 문서를 공유한다. 스마트 워킹으로 책 글쓰기 코칭을 구현하기 위해서는 우선 문서를 공유해야 한다.

왜 구글 드라이브인가?

〔그림 3-1〕 왜 구글 드라이브인가?

1. 자동 저장
2. 변경 내용 추적
3. 과거 버전 복원 가능
4. 키워드로 제목뿐 아니라 내용까지 훑어 검색
5. 공유를 통한 실시간 의사 소통
6. 구글 독스 활용으로 무제한 공간 제공
7. 설문서로 실시간 의견 수렴
8. 동영상 회의

우리 〈핸드폰책쓰기코칭협회〉가 구글 독스를 선택한 것은 구글 드라이브와 구글 문서가 핸드폰 책쓰기 코칭에 가장 적합하다는 코칭 협회의 실제 경험적 판단 때문이다.

우리는 핸드폰으로 책을 쓰는데 어떻게 효과적인 협업을 할 것이며 그것을 위해 구글 드라이브를 어떻게 활용할 것인가? 구글 드라이브를 쓰는 이유를 하나씩 정리해보자.

첫째, 자동 저장 기능 때문이다.

우리는 그동안 PC에서 마이크로소프트 오피스 작업을 하면서 몇 시간 동안이나 작업해 놓은 것을 저장하지 않는 바람에 날린 경험이 많다. 할 수 없이 다시 작업해야 했다. 그러나 구글 문서(문서, 스프레드시트, 프레젠테이션을 총칭)들은 모두 자동 저장 기능이 있어 한참 작업하다가 잠시 입력이 일어나지 않으면 구글 문서는 수십 번이고 수백 번이고 자동으로 저장을 새롭게 한다.

따라서 구글 문서를 작업할 때는 항시 첫 번째 작업 시 필히 제목을 정해서 입력해 놓아야 한다. 아니면 나중에 '제목 없는 문서' 라고 저장된 수많은 문서들을 모두 다 열어서 확인한 다음 다시 제목을 입력해 주어야 하는 번거로움이 있다. 일단 첫 작업에서 제목을 입력해 놓으면 그다음에는 다시 저장할 필요가 없다. 자동 저장이다.

둘째, 변경 내용 추적 기능이다.

PC에서 작업하는 마이크로소프트 워드에도 변경내용 추적 기능을 미리 켜 놓고 작업하면 나중에 변경 내용을 추적할 수 있다. 그런데 구글 문서에서는 여러 명이 협업하면서 각기 다른 장소에서 한 문서에 각기 동시에 작업하더라도 작업할 때마다 '누가', '몇 월 며칠 몇 시 몇 분'에 어디를 어떻게 얼마나 많이 수정했는지를 하나하나 상세하게 추적할 수가 있다. 놀라운 기능이다.

예를 들어 영업사원이 전날 늦게까지 술을 많이 들고 아침에 출근했는데 아직도 술에 취한 상태라 출근하자마자 "저 지금 고객사 우진건설에 회의가 있어 다녀오겠습니다."라고 팀장에게 보고하고 사무실을 나설 경우에 "저 친구 혹시 사우나에 가는 것은 아닌가?"라고 의구심이 생기지 않을까? 그런데 그 영업사원이 실제 우진건설에 방문한 결과를 영업현황보고서라는 스프레드시트에 회의결과를 입력하는 동시에 그 영업사원의 이름과 '몇 월 며칠 몇 시 몇 분'에 어디를 어떻게 수정했는지를 파악할 수 있게 된다. 과연 영업사원이 사우나를 갈 것이면서 우진건설에 방문해야 한다고 거짓말을 하기는 어렵다.

반면 팀장 입장에서는 그 영업사원이 언제 무엇을 하는지 언제든지 파악할 수 있음으로 그를 믿을 수 있게 된다. 다시 말해 자율권을 줄 수 있는 것이다. 이렇게 자율권을 줄 수 있을 때 자율책임경영의 조직문화가 싹틀 수 있으며 결과적으로 직원들의 몰입도를 높일 수 있어 그 결과 생산성을 크게 높일 수 있을 것이다.

셋째, 과거 버전 복원 가능한 기능이다.

독자들은 그동안 미리 작성되었던 문서를 수정 보완한 다음에 V1.0, V1.1 등 제목 마지막 부분에 버전관리를 하여 별도로 저장하지 않고 과거 버전을 엎어 버리는 바람에 그 이전 버전의 내용이 필요하여 그 내용을 다시 입력한 경험이 있는가? 구글 문서는 자동 저장할 때마다 각각의 버전 기록을 모두 가지고 있다. 그리고 과거 버전이 필요한 경우 언제든지 그 버전으로 복원할 수 있어 과거 버전의 내용이 필요한 경우 다시 입력하는 등 번거로움을 없앨 수 있다. 나아가 문서의 히스토리를 효과적으로 관리할 수 있어 매우 유용한 기능이다.

넷째, 키워드로 제목뿐 아니라 내용까지도 훑어 검색해 주는 기능이다.

우리는 그동안 PC에 저장된 수많은 서류들 중에서 키워드로 제목 검색을 하려면 시간이 많이 걸릴 뿐 아니라 수 시간 낭비하다가 결국 찾아내지 못한 경우도 많이 있었다. 좀 오래된 자료이기는 하지만 2013년 생산성본부에서 직장인 473명을 대상으로 한 조사 결과에 따르면, 직장인들이 하루 업무에 사용하는 시간 중 문서 작성에 29.7%, 자료검색 및 수집에 22.3%, 총 52%의 시간을 문서 작성 및 자료검색과 수집에 사용하고 있었다. 현재도 큰 차이는 없을 것이다.

그런데 구글에서는 자료를 검색하기 위해 검색창에 키워드를 입력하면 구글 드라이브에 저장된 서류들의 제목뿐 아니라 저장된 서류들의 모든 내용까지 훑어 그 키워드를 담고 있는 서류들을 순식간에 찾아준다. 나는 구글 드라이브에 수백만 장에 가까운 자료들을 저장하여 사용하고 있는데 키워드를 입력하기만 하면 어떻게 그렇게 짧은 시간에 수백만 장에 달하는 서류의 내용까지 찾아 들어가 해당 자료를 찾아주는지 아직도 믿기지 않는다.

나는 강의를 할 때마다 감히 이렇게 말한다. 구글의 탁월한 검색 기능, 탁월한 자료 수집 기능, 알리미 등 특이한 자료 수집 기능 등을 매우 효율적으로 활용하고 있기 때문에 이런 기능들을 활용하지 않는 사람들보다 자료수집 및 검색에 있어 수십 배의 생산성을 가지고 있다고 말이다.

다섯째, 공유를 통한 실시간 의사소통이다.

문서 공유를 통해 얻을 수 있는 혜택은 무궁무진하다고 할 정도로 많다. 수없이 많은 이메일 교신을 해야만 하는 작업을 담당자가 자신의 보고서에 한 번만 작성하여 공유하면, 그러한 이메일 교신을 모두 다 없앨 수 있을 뿐 아니라 CEO나 임원들이 시도 때도 없이 요구하는 각종 회의, 특정 목적의 보고서를 대부분 없앨 수 있는 강력한 파워를 지니고 있기 때문이다.

보고서 공유에는 공유 대상자에게 각기 세 가지의 다른 권한 (수정 가능, 댓글 가능, 읽기만 가능)을 줄 수 있다는 점도 대단한 효과를 얻을 수 있으며 권한마다 100명의 대상자를 한꺼번에 초청하여 이론상으로는 보고서마다 300명의 대상자와 공유할 수 있다는 점도 매우 유용한 기능이다.

여섯째, 구글 독스를 활용하면 무료 저장공간을 무제한으로 쓸 수 있다.

스마트 워킹이나 협업을 위해서는 구글 문서가 효과적이다. 그런데 우리가 일반적으로 PC나 노트북에서 신규 문서를 작성할 때는 마이크로소프트 오피스 제품을 활용한다. 그런데 구글 드라이브에서는 PC에서 작업해 왔던 오피스 제품으로 작성한 서류들을 구글 드라이브로 업로드하면서 모두 구글 문서 형태로 자동 변환시키도록 설정할 수 있다.

반대로 구글 문서를 외부용으로 활용하기 위해 마이크로소프트 오피스 형태의 문서가 필요하다면 구글 문서에서 다시 오피스 형태의 문서로 즉시 변환시켜 저장할 수 있다.

구글 문서 PC 버전에서 '파일' 폴더에 있는 '다른 이름으로 저장하기'를 선택하고 마이크로소프트 오피스 문서로 즉시 변환시켜 PC나 노트북의 필요한 폴더에 저장하여 활용할 수 있다. 마이크로소프트 오피스 문서들의 경우도 구글 문서 형태로 자동 변환하여 활용할 수 있기 때문에 구글이 개인에게 허용하는 15GB만 가지고도 회사의 업무에 전혀 지장 없이 활용할 수 있다는 점이다.

일곱째, 설문서 실시간 의견 수렴 기능이다.

이제 설문서는 기업이 아닌 외부기관이나 조직에서만 실용화될 수 있는 기법이 아니라 기업 내부 깊숙한 곳까지 매우 다양한 분야에서 적용될 수 있는 기법이다. 구글은 설문서의 작성, 배포 및 취합이 매우 간편하고도 큰 성과를 낼 수 있도록 지원한다.

여덟째, 동영상 회의 기능이다.

대부분의 독자들은 그동안 카톡을 활용하여 동영상 통화를 해 본 경험이 있을 것이다. 무료인데도 불구하고 매우 편리하다. 우리는 해외에서 살고 있는 자녀들과 간혹 무료 동영상 통화를 한다. 그런데 행아웃은 열 군데까지 동시에 동영상 통화를 할 수 있도록 지원하며 주재자가 프레젠테이션을 활용하여 설명하면서 동영상 회의를 진행할 수 있는 독특한 기법 역시 매우 유용한 도구이다.

이제 4G에서 5G 시대로 넘어왔다. 5G는 4G보다 평균적으로 20배 정도 품질의 기능을 수행한다고 한다. 이제까지 동영상 통화를 하면서 화면에서 약간의 끊김 현상을 경험했을 것이다. 그러나 5G 시대에는 상대방 얼굴에서 주름살까지도 선명하게 보게 될 것이다.

구글 드라이브에서 문서를 공유하고 공동작업을 하는 코칭의 기술적 방법에 대해서는 4장에서 배우도록 하자.

출판사 업무도 스마트 워킹으로 혁신을

2020년 벽두를 강타한 코로나19 사태로 많은 회사들이 재택근무를 선택했고 회사 업무도 상당 부분 언택트 방식으로 변경하고 있다. 회사는 물론 대부분 조직에서 소위 '일하는 방식의 혁명'의 바람이 거세게 일어나고 있는 것이다.

이미 많은 회사가 '스마트 워크'를 통해 출퇴근을 중요하게 생각하지 않고 있으며 심지어 직원들의 지정석조차 없는 디지털 워크플레이스Digital workplace 근무환경을 제공하면서도 높은 생산성을 유지하고 있다. 이제 직원들이 일을 어떻게 하고 있는지 시스템을 통해서 상세하게 파악할 수 있기 때문에 자율권을 과감하게 줄 수 있어 직원들의 업무 몰입도는 크게 향상될 수 있게 되었다.

작금의 출판업계의 상황은 어떠한가?

출판 불황이 장기화되고 스마트폰이나 유튜브 같은 디지털 방식의 매체가 폭발적으로 늘어나다 보니 책이 팔리지 않는다. 거기에다 코로나 사태가 겹쳐 회사 경영은 더욱 어려워지고 있다. 출판사 업무는 재택근무를 통한 스마트 워킹이 가장 잘 어울리는 업무다. 어디서 작업을 하거나 원고 교정, 교열, 디자인 작업 등은 실시간으로 확인이 되는 업무이기 때문이다.

특히 앞으로는 비대면으로 일을 하는 경우가 많아질 수밖에 없다. 이 경우 핸드폰이나 IT 기술을 활용해서 언제, 어디서나, 어떤 디바이스든 스마트 워크로 일의 진행이 가능하다.

특히 뒤에서 소개하는 구글 드라이브에서 공유를 통해 공동작업을 하다 보면 누가 작업장에 들어와서 무슨 작업을 하고 있는지가 한눈에 다 보이기 때문에 농땡이를 치려고 해도 칠 수 없다.

더구나 다수가 참여하는 공저의 책을 낼 경우 교정 시간이나 출판을 위한 회의 시간을 대폭 축소시킬 수 있다. 따라서 이러한 스마트 워킹을 통해 일하는 방식을 바꾸게 되면 오히려 출퇴근 시간을 줄일 수 있게 되어 상대적으로 피로감을 덜 수 있어서 일의 능률은 배가

된다. 비싼 돈을 들이지 않고 스마트폰만을 사용해서도 단기간 내에 스마트 워킹을 가능하게 함으로써 재택근무, 유연근무 등을 즉시 시행할 수 있어 직원들의 업무 몰입도 향상과 함께 사무생산성을 더욱 크게 향상시킬 수 있는 것이다.

여기서 이해를 돕기 위해 최근 회사의 스마트 워크로 일하는 방식의 혁명의 바람을 일으키고 있는 현장의 생생한 사례를 보자.

스마트폰 출시 이후 계속 쇠락의 길을 걷고 있었던 마이크로 소프트 사는 2014년 사티아 나델라 CEO로 교체된 이후 혁신을 통해 2019년 시가총액으로 애플을 따라잡는 쾌거를 이룩했다.

여러 혁신 중에 일하는 방식을 스마트 워크로 바꾼 것으로 잘 알려져 있다. 마이크로소프트 한국지사는 재택근무도 외부 미팅이 없거나 집안에 사정이 있을 때 매니저(팀장)에게 구두로 알려주기만 하면 된다. 보고 체계 때문이 아니라 팀 간 원활한 소통이 이유다. 고객 미팅이 없으면 사무실로 출근하지 않는 직원이 많다.

유연근무제가 체계화되며 업무 효율은 가시화됐다. 사무실을 이전하고 1년 후에 사내 직원을 대상으로 설문 조사를 한 결과, 불필요한 회의, 자료 준비나 이동 시간이 기존 6.5시간에서 2시간으로 대폭 줄었다고 한다. 외부 미팅 때 사무실에 들르지 않고, 집이나 편안한 공간에서 업무가 가능해 이동 시간을 줄인 덕분이다. 회의 없이도 보고서나 품의서를 문서공유를 통해 어디서든지 접속이 가능하고 핸드폰만으로도 처리가 되기 때문에 꼭 사무실에 갈 필요가 없다.

선진 기업들은 물론 우리나라 기업들도 이제까지 설명한 스마트 워킹을 위한 방안으로 세계 최상 품질의 무료 앱을 활용한 실시간 수평적 의사소통 시스템을 구축함으로써 조직문화를 바꾸고 일하는 방식을 혁신적으로 바꾸고 있다. 실시간 수평적 의사소통 시스템을 활용하여 전 임직원이 스마트 워킹하는 조직문화를 뿌리내리고 스마트폰만으로도 효과적으로 실행이 된다면 시스템 구축을 완료하는데 1개월도 안 걸려 어렵지 않게 생산성을 획기적으로 올릴 수 있다.

그리고 직원들이 상사가 시켜서 일하는 게 아니라 자발적으로 일할 수 있게 되어 직원들의 몰입도가 크게 향상되게 되고 단기간 내에 임직원들의 근로시간을 최소한 30% 이상 감축할 수 있고, 그 시간의 일부를 임직원들에게 돌려줌으로써 임직원들의 자기계발, 가족 친화 활동 및 여가활동에 활용할 수 있도록 유도하여 일과 삶의 균형, 즉 워라밸을 구현할 수 있도록 유도해 준다.

출판사 업무도 이와 같이 스마트 워크를 통해 얼마든지 출판 프로세스를 혁신적으로 바꾸고 적은 인원을 가지고도 생산성을 획기적으로 올릴 수 있다. 특히 TIP에서 사례로 소개하는 바와 같이 여러 사람들이 동시에 모여서 공저를 하는 경우는 그 프로세스를 놀라울 정도로 단축할 수 있다.

이러한 일하는 방식이나 프로세스의 혁신을 해가기 위한 성공 여부는 전적으로 출판사의 CEO의 의지에 달려 있다. 아무리 직원들이 일하는 방식을 바꾸려고 하더라도 위에서 관심이 없다면 스마트 워크는 결코 성공할 수 없다. 코로나 이후 모든 것이 달라지고 있다.

코로나 사태가 출판사에 위기일 수 있지만, 또한 변화할 수 있는 절호의 기회다. 이 기회에 스마트 워크로 출판사의 업무나 일하는 방식에도 혁명이 필요하다.

Tip: 한 달만에 두 권의 공저를 낸 사례

〈핸드폰책쓰기코칭협회〉를 발족되면서 두 권의 책이 동시에 나왔다 한 권은 여러분이 지금 읽고 있는 이 책 『세상에 핸드폰으로 책을 쓰다니!』이고 다른 한 권은 『코로나 이후의 삶과 행복』이다. 이 두 권의 책은 세계 출판 역사상 특이한 기록을 갖는 책이라고 한다면 지나친 것일까?

두 권 모두 기획에서 집필, 편집에서 제작, 출간까지 한 달밖에 걸리지 않았다. 원고를 쓰고 교정을 보고 편집을 하고 표지 디자인까지 나오고 책이 출간되는데 딱 한 달이 걸렸다니 놀랍지 않은가?

『세상에 핸드폰으로 책을 쓰다니!』의 경우 세 명의 공저자가 딱 한 번 만나서 각자 작업할 부분과 원고를 작성하는 원칙을 정하고 그것으로 끝이었다. 세 사람은 문서공유를 통해서 원고를 올리고 수정을 하고 교정을 보고 원고를 완성해 나갔다.

보다 놀라운 것은 『코로나 이후의 삶 그리고 행복』이다. 이 책은 저자가 무려 54명이나 된다. 코로나19 사태가 심각해지자 코로나 이후의 삶을 걱정하는 가운데 책을 기획하는 아이디어가 나오고 50명이 넘는 필자에게 원고를 의뢰했다. 구글 드라이브에 공유 파일 폴더를 만들고 그곳에 문서를 올리고 작업할 것을 유도했다. 그때까지만 해도 이 작업이 과연 한 달 안에 끝날 수 있을까? 우려 반 기대 반으로 바라볼 수밖에 없었다.

그런데 놀라운 일이 일어났다. 원고 마감일까지 거의 모든 원고가 올라온 것이다. 뿐만 아니라 많은 필자들이 구글 드라이브 공유 문서 폴더 안에서 원고 수정 작업을 하였고, 동시에 카톡 단톡방에서 서로 피드백을 주고받으면서 원고를 완성해 나가는 것이었다. 다양한 직종, 20대부터 80대까지 다양한 연배의 저자들이 일사불란하게 움직이는 초유의 작업이었다. 그것도 대부분의 저자가 60세가 넘은 시니어들이었고, 심지어 70~80세가 넘은 분들도 많이 참여했는데도 말이다.

여기서 중요한 사실은 이 메일을 거의 사용하지 않고 누구나 동시에 구글 드라이브에 자기 글을 올리고 알아서 스스로가 수정을 계속해가는 가운데 글이 다듬어지고 서로 톤이 자동적으로 같아진다는 사실이다. 여럿이 공저할 경우 가장 힘든 일이 전체 톤이나 눈높이를 맞추는 일이다. 그런데 모두가 공유를 함으로써 다른 사람들의 글을 한눈에 볼 수 있게 되면 자기 글이 잘못되었다는 것을 스스로 인지하고 수정을 하거나 너무 다를 경우 스스로 다시 써주었다는 사실이다.

정말 기네스북에 올라야 할 일대 사건이라 할 수 있겠다. 이렇게 두 권의 책이 처음 기획했던 의도대로 출간이 되자 우리 모두 파이팅을 외치며 모두 뿌듯함을 감추지 못했다.

우리 〈핸드폰책쓰기코칭협회〉는 이번 경험을 바탕으로 앞으로 이러한 작업을 계속해 나가면서 핸드폰 책쓰기 운동 대중화에 앞장설 것이다.

Lorem Ipsum

Pellentesque habitant morbi
tristique senectus et netus et
malesuada fames ac turpis
gestas.

제4장

실전 핸드폰 글쓰기
기본기술 12가지

이번 장은 핸드폰으로 글을 쓰고 책을 만드는 기술적인 문제를 다룬다.

디지털 스마트 기기와 인터넷 사용에 익숙하지 않은 분들은 용어 자체도 생소한 것이 많을지 모른다. 그래도 3장까지 읽어 내신 내공이 있으시니 끈기를 가지고 끝까지 따라 하다 보면, 아! 하고 탄성이 나올 것이다. 그만큼 '폰 글 말하기' 즉 핸드폰 책쓰기는 시대의 대세가 되어 갈 것이다.

핸드폰으로 글을 쓰는 일은 아주 쉽다. 대한민국 국민은 거의 모두 카카오톡으로 메시지를 주고받는다. 그 동안 모두들 그것을 손가락으로 자판을 두드려 사용했다.

2017년 1월, 내가 친구들과의 모임 자리에서 손가락을 사용하지 않고 핸드폰을 입에 대고 말로만 맞은편 친구에게 카톡 메시지를 보냈다. 그러자 그 친구의 핸드폰이 "카톡", "카톡" 하고 소리를 냈다. 핸드폰을 열어본 친구가 깜짝 놀라서 나를 바라보았다. 나는 옆자리의 친구에게도 자판이 아닌 말로 타이핑하는 방식으로 카톡을 보냈다. 친구는 내가 중얼거리는 소리가 핸드폰 화면에 문자로 찍히는 것을 호기심 어린 얼굴로 쳐다보다가, "카톡", "카톡" 하는 자기 핸드폰을 들여다보더니 소리쳤다.

"야, 장형이 말을 했는데 그 말이 메시지로 내게 왔어!"

나는 즉석에서 그 자리에 모인 친구들 단톡방을 만들고 이렇게 중얼거렸다.

"오늘 저녁 모임에 모인 모든 친구들 진심으로 사랑합니다."

내가 메시지를 전송하자 모든 친구들의 핸드폰이 카톡, 카톡, 카톡… 하고 소리를 질러댔다. 모든 친구들이 자기 핸드폰에 뜬 문자를 보고 놀라워하며 나를 바라보았다.

그것이 내가 핸드폰 글쓰기, 나아가서 책쓰기에 대한 착상을 떠올린 첫날이었다. 텍스트를 읽어 주는 기술은 원래부터 있었으나 실용화된 것은 아마 그 무렵부터였을 것이다.

그 이후 나는 피플스그룹에서 함께 일하면서 〈핸드폰 책 글쓰기 대학〉을 운영해왔던 가재산 대표와 함께 이제 〈핸드폰책쓰기코칭협회〉를 발족하기에 이르렀다.

핸드폰 책쓰기는 디지털 시대에 최첨단을 가는 기술이지만, 누구나 할 수 있는 일반적인 기술이다. 〈핸드폰책쓰기코칭협회〉가 디지털 강국 대한민국을 이끌어가는 기수가 되었으면 좋겠다.

이번 장에서는 핸드폰 글쓰기의 기술적 문제를 다루므로 다소 어렵고 딱딱할지 모른다. 그래서 이번 장은 '초급 과정', '중급 과정', '고급 과정' 3단계 섹션으로 나누어져 있다.

초보자는 '초급 과정'만 읽어도 된다. 왕초보들은 '초급 과정'만 읽고, 핸드폰 글쓰기가 익숙해진 다음 '중급 과정', '고급 과정'을 공부하면 좋을 것이다. '초급 과정'을 마스터하면 핸드폰으로 책은 몰라도 글을 쓸 수는 있다. 중급, 고급 과정을 거쳐야 제대로 된 책쓰기에 도전할 수 있을 것이다. 앞에서 핸드폰 말하기로 일기를 쓰다 자서전을 쓰기에 도전한 어떤 회장님처럼 '폰 글 말하기'로 책쓰기에 도전해 보시라.

\<초급 과정\>
나 홀로 작업하기

1) 말로 해서 책 글쓰기 : 음성을 문자화

우리는 앞에서 자판이 아닌 말로 타이핑하는 방식으로 카톡을 사용하는 사례를 살펴보았다. 핸드폰 책쓰기의 핵심은 말로 해서 글쓰기 즉 음성을 문자화하는 것이다.

음성을 문자화하는 기술을 STT_{Speech to Text}라고 한다. 음성을 문자화하기 위해 가장 먼저 해야 할 일이 자판에 마이크를 집어넣는 것이다. 최근에 나오는 핸드폰들은 이미 화면에 마이크가 나타나 있지만 2년 이상 지난 핸드폰에는 자판에 별도로 마이크를 설치해야 한다. 아이폰은 시리 기능을 사용하면 된다.

[그림 4-1]은 카톡에서 자판에 마이크를 설정하는 방법을 보여준다. 핸드폰마다 조금씩 다르지만, 일반적으로 설정 표시나 그와 유사한 모양의 버튼을 2~3초 지그시 누르고 있으면 새 창이 나타나고 그 새 창에 있는 마이크를 선택하면 그때부터 마이크를 사용할 수 있게 된다.

일부 옛 핸드폰에서는 음성 문자화 기능을 활용하기 위해 매번 이 과정을 거쳐야 하는 핸드폰도 있다. 문자판에서 '마이크' 아이콘을 누르면 나오는 새로운 화면에서 핸드폰에 원하는 메시지를 말로 하면 그것이 문자화된다. 만일 음성 문자화가 완료되면 반드시 마이크 기능 하단 우측에 있는 아래 화살표를 눌러 마이크 기능을 꺼야 한다. 마이크 기능을 끈 다음 만일 음성으로 작성한 문자가 원하는 문자가 아니라면 틀린 글자 뒷부분에 손가락을 살짝 댄 다음 떼면 커서가 나타나고, 문자판의 지우기 아이콘을 눌러 지우고 나서 문자판을 이용해서 고쳐주면 된다.

문자판에 마이크가 추가되는 순간부터 사용자는 핸드폰에서 음성으로 입력할 수 있게 된다. 음성 문자화 기능을 사용하는 순간 여러분들에게 새 세상이 열린다.

처음 음성 녹음을 시도하는 사람은 혹시 숙달되지 않아 틀리는 경우도 자주 발생한다. 그러나 걱정할 필요 없다. 사용자들이 아나운서가 되려 하지 않더라도 이제는 문명의 이기를 사용하기 위해서는 훈련이 필요하다. 처음에 잘 안 된다고 해서 포기해 버리면 영영 새로운 기술을 따라잡을 수 없는 사람이 되고 만다.

나이가 많은 사람도 이제는 절대 잘 못한다고 해서 그 일을 잘하는 사람에게 시키지 말고, 하룻밤을 새는 한이 있더라도 자신이 직접 시도해 보고 터득해야 쏜살같이 달려가는 신기술을 따라잡을 수 있다. 발음을 정확하게 해서 말하는 연습을 하라. 그리고 어떤 문구가 음성 인식에서 잘 적용되지 않는지를 알게 되면 점차 헛수고하는 시간을 줄이게 될 것이다.

인공지능과 딥러닝에 의해 훈련된 음성 문자화 기술은 우리가 말할 때 구개음화 된 구절들을 단어의 앞뒤 전개를 살펴 올바른 단어

〔그림 4-1〕음성 문자화를 위해 자판에 마이크를 설치하는 법

카톡에서 채팅 대상자를 선정하고 나면 나타나는 화면에서 문자를 입력하면 처음 나타나는 화면

좌측 하단의 설정 아이콘을 클릭하면 나타나는 화면에서 마이크 아이콘 클릭

마이크 아이콘을 클릭하면 바로 그 자리에서 말하는 대로 즉시 문자화됨. 틀린 부분이 있으면 그 문자 뒤에 손가락을 약하게 대주면 커서가 나타나고 지우기를 한 다음 수정하고 전송하면 됨.

로 계속 고쳐 준다. 예를 들어 '밤이' 라고 말하면 '바미' 라고 들리게 되는데 앞뒤 문맥을 보아 '밤이' 라고 고쳐 주며 음성 인식 번역의 경우 그 '밤' 이 먹는 밤인지 아니면 낮과 밤의 밤인지를 인지하게 된다.

그러나 앞뒤 문맥으로 고칠 수 없는 단어가 있다. 바로 고유명사이다. 따라서 이름이나 지명 등 고유명사의 경우는 한 글자 한 글자 정확하게 발음해 주어야 한다.

• 언제 어디서나 음성이나 타이핑으로 입력하는 즉시 클라우드에 저장

새로운 아이디어는 긴 시간 명상을 한 다음 마음을 정제하고 나서 얻어지는 것일까, 아니면 갑자기 어느 순간에 떠오르는 것일까? 당연히 어느 순간 갑자기 떠오르는 것이다. 그런데 문제는 생각날 때마다 적어놓을 방법이 마땅치 않았기 때문에 무언가 생각을 정리하려고 책상 앞에 앉으면 아무 생각도 나지 않는다는 점이다. 그런 생각들이 자기 머리를 스치는 순간 즉시 옮겨 놓지 않으면 대체로 잊어버리기 때문이다.

그러나 이제는 핸드폰만 있어도 언제 어디서나 일할 수 있는 스마트 환경의 시대이다. 산책이나 산행을 하고 있거나, 대중교통을 이용하고 있거나, 해변에 있거나, 친구들과 식사 중이거나 TV 프로그램을 시청하던 중에라도 갑자기 책·글쓰기 원고를 작성하는 데 필요하다고 생각하는 부분이 발견되거나 생각날 때가 있다.

특히 친구라든지 기타 다른 사람들과 대화하고 있거나 TV 프로그램을 보던 중이거나 어떤 책자를 읽고 있다가도 원고 쓰는 데 도움이 되는 부분을 갑자기 발견하는 경우가 많다. 그 생각이나 발상이 원고 작성에 있어 없어서는 안 될 중요한 키가 되는 경우도 있다. 그런데 만일 그 즉시 옮겨 놓지 않아 자료를 획득할 기회를 놓친다면 이 얼마나 안타까운 일인가?

그러나 이제는 걱정할 필요가 없다.

갑자기 좋은 아이디어가 생각난 경우라면 생각나는 즉시 핸드폰에서 핸드폰 자체의 기본 기능인 노트를 열어 카톡 메시지를 말로 입력하여 보내듯이 그 아이디어를 곧바로 말로 입력하여 적절한 제목을 단 다음 저장해 놓으면 된다.

나이 든 사람들은 특히 독수리 타법이 능치 않아 평상시 불가능에 가까웠던 일들이 이젠 너무나도 쉽게 활용할 수 있게 되었다. 앞으로 설명하게 되겠지만 만일 책·글쓰기에 참고될 만한 문서를 발견했을 경우 즉시 그 문서 이미지를 사진으로 찍어 놓아도 바로 문자화된다.

아주 시끄러운 장소에서 말로 입력한 것이 아니라면 말을 하여 문자화된 결과의 품질이 쓸 만하다. 제법 시끄러운 환경에서 말로 입력한 것이기 때문에 문자화된 결과물의 품질이 조금은 떨어진다고 하더라도 음성의 문자화 수준이 아주 능숙하지는 않지만, 우리 말을 제법 잘하는 한 미국인이 우리와 대화할 때 느끼는 정도이기 때문에 나중에 그 입력된 문구를 열어보면 좀 틀린 부분이 있다 할지라도 무슨 내용인지 다 이해할 수 있는 정도이다.

시끄러운 장소에서 입력하게 될 경우 가장 좋은 방법은 음성으로 문자화된 문자 중 일부 잘못된 부분을 그 즉석에서 조금은 불편하더라도 엄지손가락을 이용하여 독수리 타법으로 고치는 방법이다. 그런데 중요한 시사점은 중요한 아이디어가 생각났을 때마다 즉시 기록해 두기 때문에 하나도 놓치지 않는다는 점이다. 이 점은 원고의 품질을 높이는 데 있어 매우 중요한 요소이다.

예전과 같이 책자를 기획하거나 자료를 수집하는 일이 매우 수월해졌을 뿐 아니라 그 수집된 자료를 정리하고 또 책자에 옮기기 위해 끊임없이 타이핑했던 피곤함에서 해방될 수 있다.

• 구글 앱 활용

STT를 가장 효과적으로 활용하는 방법은 관련되는 구글 앱들을 통합하여 활용하는 방법이다. 구글 앱들을 활용하기 위해서는 우선 지메일 등록이 필요하다. 구글의 지메일은 구글이 제공하는 모든 앱들을 통합하여 활용하기 위한 플랫폼이다. 따라서 여러분이 지메일을 활용하지 않고 있다 하더라도 구글의 지메일 계정을 제일 먼저 등록해야 한다. 만일 현재 지메일을 사용하고 있다거나 또는 지메일 계정을 가지고 있다면 새로 등록할 필요가 없다.

[그림 4-2]는 지메일 신규 등록하는 방법이다. 아직 지메일 계정을 가지고 있지 않은 사람은 [그림 4-2]를 따라서 실행하여 신규 등

〔그림 4-2〕 지메일 신규 등록하는 방법

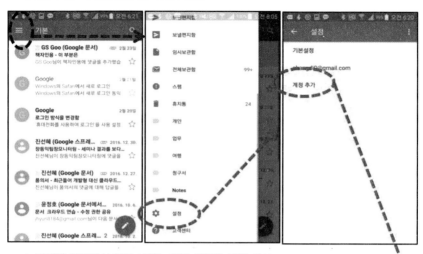

1. 마지막 단계에서 앱이 시키는 대로 계정을 새로 생성
2. 다른 앱들을 시작할 때 구글 계정 등록이 가능한 것들은 모두 구글 계정을 클릭
   해 주기만 하면 등록됨

록을 하라. 지메일을 등록하는 방법은 마이크로소프트 등록하는 것
보다는 쉽다.

• 구글 문서 활용

실제 원고에서 필요한 긴 문장을 말로 문서로 작성할 때는 구글
문서를 사용한다.

[그림 4-3]은 새 구글 문서에서 음성으로 작성하는 방법을 보여
주는 사례인데 내가 글쓰기에 관련된 책 중에서 일부를 직접 읽어서
작성한 구글 문서이다. 이 사례에서도 보듯이 말로 작성하는 문서의
경우는 마침표 같은 부호는 표기되지 않는다. 영어도 한글로 표기된
다. 그런데 부호 이외에는 고쳐야 할 부분이 한 군데밖에 없었다.

[그림 4-3]에서는 그렇게 문자화가 잘못된 부분을 문자판을 활용
하여 수정하는 모습을 보여주는 그림이다. 이와 같이 말로 문서 작
성하기는 기존에 작성이 된 문서나 또는 사진 찍어 만든 문서의 경
우에도 추가해야 할 부분이 있다면 내용을 추가하고자 하는 위치에
손가락을 잠시 댄 뒤 떼면 그 자리에 커서가 위치하게 된다.

그때 마이크를 켜고 말을 하게 되면 자동적으로 문자화되어 기존
문서에 그 내용이 추가된다. 이런 방법으로 수집된 자료의 앞부분에
자료의 중요성이라든지, 특이사항 같은 것들을 말로 추가로 설명해
놓으면 추후에 그 자료를 검색하는 데 도움이 된다.

나는 새로운 강의 준비를 할 때 강의 원고는 주로 새 구글 문서를

〔그림 4-3〕 말로 문서 작성하고 틀린 부분 수정하는 방법

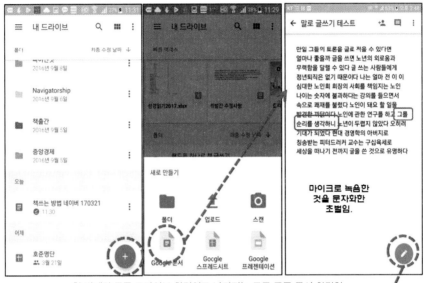

첫 번째만 구글 드라이브 화면이고 나머지는 모두 구글 문서 화면임.

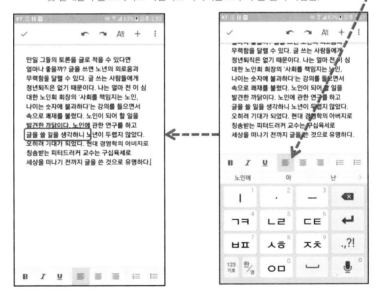

활용하여 작성하는데 기존에 작성되어 있는 여러 관련 문서들 중에서 필요한 부분을 복사해 오고 나머지 새로운 부분들은 말로 해서 작성한다. 따라서 타이핑할 일이 거의 없으며 대체로 2시간 용 새로운 강의를 위한 강의 교안 준비를 위한 시간은 2~3시간 정도면 충분하다.

그렇게 작성한 구글 문서는 모두 선택하여 복사한 토크프리Talk FREE로 옮겨 토크프리가 읽어주는 것을 들으면서 잘 못된 부분은 없는지 확인하면서 교정한다. 대체로 토크프리를 활용해서 한 번 정도만 듣고 나서 수정 보완하고 나면 강의 준비는 끝낼 수 있다. 이런 방식을 모를 때는 새로운 강의 준비에 정말 오랜 시간이 소요되었었다.

나는 앞에서 설명했던 간단한 노트를 작성할 때도 핸드폰의 자체 앱인 노트기능을 활용하지 않고 나중에 효과적인 키워드 검색 등 여러가지 장점을 활용하기 위해 구글 문서를 작성한다.

2) 모바일 기기와 PC의 자료 동기화

앞에서도 소개되었듯이 구글 앱스는 핸드폰이나 패드와 PC 및 노트북에서 언제든지 어디에서나 함께 사용할 수 있다. 사용하는 기종에 상관없이 주고받는 모든 데이터나 자료들은 즉시 동기화된다. 물론 주변 통신 환경에 따라 차이는 나지만 간단한 자료의 경우는 상대방의 핸드폰이나 PC에 거의 실시간으로 동기화되고 데이터양이 매우 큰 문서나 동영상의 경우는 동기화되는 데 20분까지도 걸린다. 그런데 4G보다 평균적으로 20배나 빠른 5G 환경에서는 그런 큰 동영상 파일의 동기화도 수초면 끝나게 될 것이다.

여러분이 직접 PC의 구글 크롬을 켜서 구글 드라이브 내의 한 테스트 문서를 열어 놓은 다음 스마트폰에서도 같은 문서를 열어 말로 새로운 내용을 추가해 보라. 그러면 PC의 같은 문서가 거의 동시에 동기화되어 문서 내용이 추가되거나 수정되어가는 모습을 직접 경험할 수 있을 것이다.

다시 말해 여러분이 미국으로 여행 가서 스마트폰에 대고 말로 하여 작성한 문서가 수만 킬로미터 떨어져 있는 여러분의 집이나 회사에 있는 PC에 동시에 동기화된다는 말이다. 이것이 바로 스마트폰으로 스마트 워킹하는 모습을 실제로 체험할 수 있는 대표적인 경험이다. 스마트폰과 컴퓨터에서 사용하는 앱은 동시에 같이 작동되므로 스마트폰에서 작업을 하든 컴퓨터로 작업을 하든 상관이 없다. 단지 사용자가 편한 대로 작업을 하면 된다.

• 핸드폰에서 작업한 것을 PC에서 이어 작업하기

이제까지 여러분들은 핸드폰에서 구글 드라이브를 활용하여 구글 독스를 활용하는 법을 배웠다. 여기까지는 왕초보들도 문제없이 쉽게 이해하고 활용할 수 있다. 그런데 아무리 많은 작업을 핸드폰으로 해 놓았다 할지라도 책·글쓰기를 마무리하기 위해서는 역시 일부 타이핑이 필요하고 타이핑을 위해서는 PC나 노트북을 활용하는 것이 훨씬 더 신속하고 편리한 방법이다.

핸드폰에서 작업한 것을 PC에서 이어 작업하기 위해서는 PC에 구글 크롬을 다운받으면 된다. [그림 4-4]와 [그림 4-5]는 구글 크롬을 PC에 다운로드받는 방법을 설명하고 있어 따라 해보기 바란다.

1. 구글 크롬이 PC에 깔려 있지 않은 사람은 네이버나 다음의 검색창에 구글 크롬 다운로드라고 입력한 다음 아래와 같은 방식

〔그림 4-4〕 PC나 노트북에 구글 크롬을 다운로드하는 법

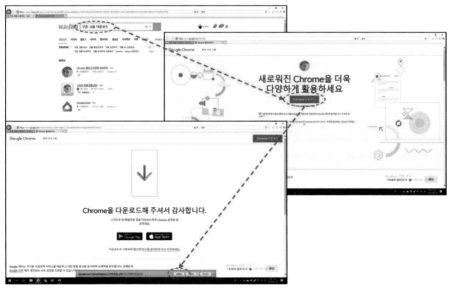

으로 구글 크롬을 다운받는다.

2. 구글 검색창에서 구글 드라이브라고 입력하면 바로 아래와 같
   은 화면이 나타나는데 그 화면의 가장 상단에 표기된 구글 드라
   이브 - Google.co.kr을 선택하고 나서 드라이브로 이동 버튼을
   클릭하면 구글 드라이브 화면이 나타나고 그 이후부터는 구글
   크롬을 열면 바로 구글 드라이브 화면을 얻게 될 것이다.

〔그림 4-5〕 구글 크롬에서 구글 드라이브 여는 법

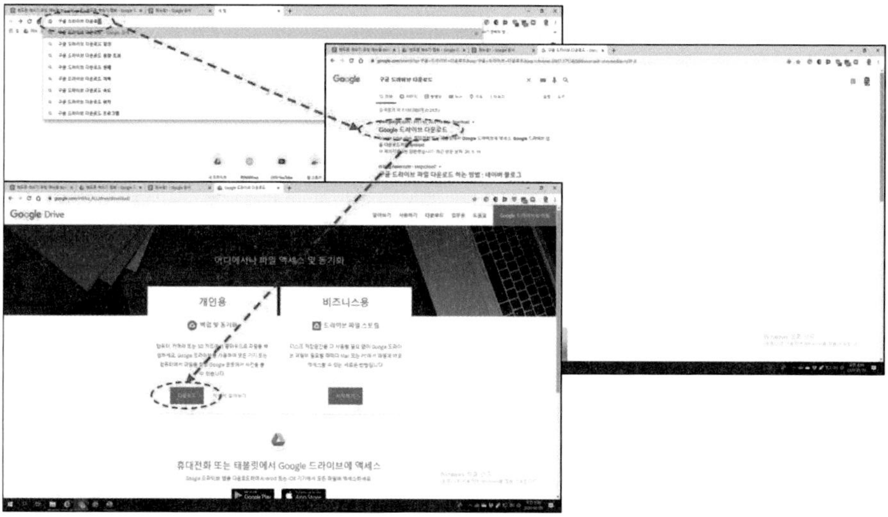

• 말로 구글 문서 작성

이동 중에는 물론 핸드폰으로 문서 작성할 수밖에 없지만 PC나 노트북이 있는 집이나 사무실에서는 역시 PC나 노트북을 사용하는 것이 훨씬 편리하고 또한 CPU 등 처리 능력이 핸드폰보다 더 뛰어나다. 구글 문서의 PC 버전에서도 말로 하여 문서를 작성할 수 있다.

노트북에는 마이크 기능이 이미 내장되어 있으므로 다른 부가장치 없이 그대로 이 기능을 사용할 수 있으나 PC에는 단방향 마이크를 사서 부착해야 한다. PC에서도 언제든지 핸드폰에서와 마찬가지로, 그러나 핸드폰보다는 더 빠른 속도로 말로 하여 문서를 작성할 수 있다. 인터넷 쇼핑에서 일반적으로 2만 원 정도에 구매할 수 있는 마이크도 있지만 10만 원 이상의 단방향 마이크를 구매하여 부착하

〔그림 4-6〕 구글 문서에서 음성으로 문서 작성하는 방법

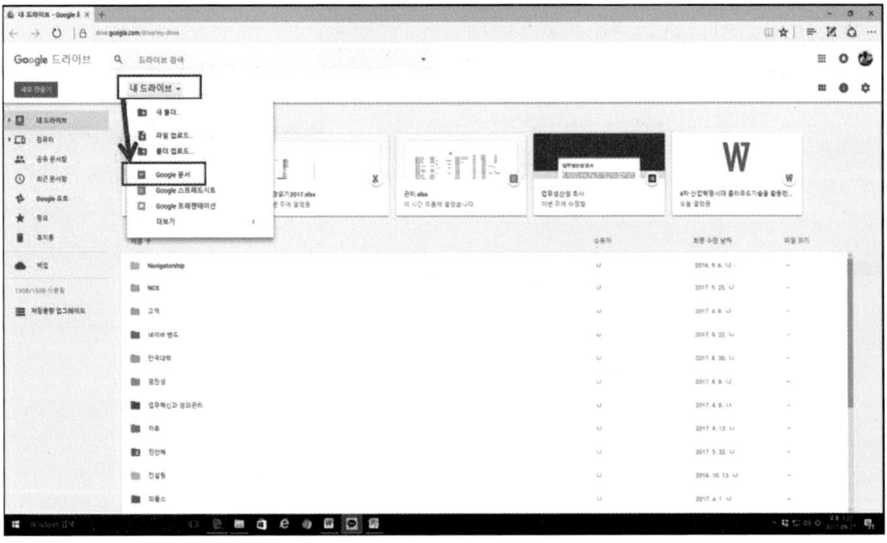

면 음성 인식도를 더 높일 수도 있다.

[그림 4-6]은 구글 드라이브의 PC 버전에서 새 구글 문서 작성으로 들어가 음성으로 문서를 작성하는 방법을 설명해 준다.

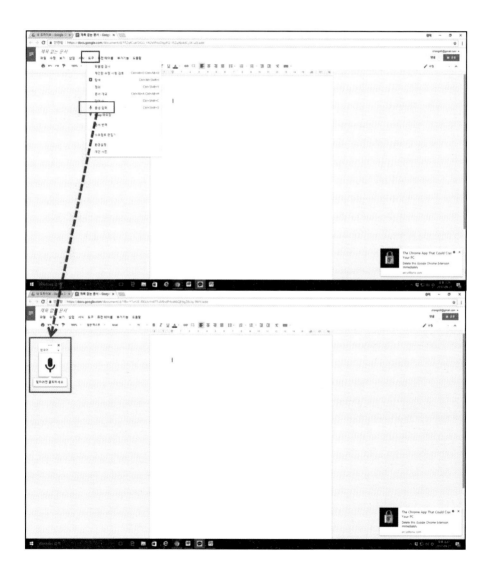

• PC에 저장된 자료를 핸드폰에서 보는 방법

구글 크롬에서 구글 드라이브를 열 수 있게 되면 이전에 PC나 노트북에 보관해 두었던 많은 자료들이 구글 드라이브로 이관되어야 할 것이다. 그러면 PC나 노트북이 위치한 집이나 사무실에서뿐 아니라 어디에서나 스마트 워킹할 수 있는 환경이 되는 것이다.

PC나 노트북의 구글 드라이브에서 PC나 노트북에 저장된 자료를 구글 드라이브로 옮길 수 있다. 그런데 구글 드라이브를 열 때는 인터넷 익스플로러로 열면 안 되고, 반드시 구글 크롬에서 열어야 한다는 것을 잊지 말기 바란다.

〔그림 4-7〕 PC에서 필요한 자료들을 선택하고 Drag & Drop하여 구글 드라이브로 복사하는 방법

탐색기에서 구글로 옮길 자료 폴더를 선택하여
구글 드라이브의 네이버 밴드라는 폴더로 끌어다 놓는 모습

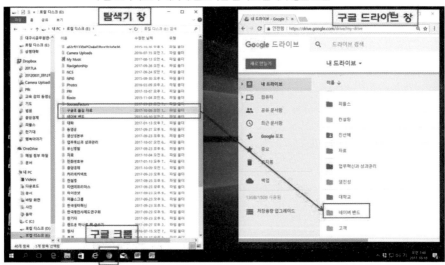

첫째, PC에서 구글 드라이브로 옮기고자 원하는 파일이나 폴더를 클릭한 상태에서 구글 크롬에서 열려 있는 구글 드라이브의 원하는 폴더에다가 Drag & Drop 하여 끌어다 놓으면 붙여넣기 하는 방법이 있다.

그런데 옮기고자 하는 파일이 하나이든 여럿이든 아래 표와 같이 PC의 탐색기를 활용하여 대상 파일들을 하나의 폴더(내 경우는 '구글로 옮길 자료' 라는 별도의 폴더를 생성했다.)에 한꺼번에 모아서 그 폴더 자체를 구글 드라이브에 Drag & Drop 하는 방식으로 한꺼번에 옮기는 방법을 추천한다.

두번째 방법은 아래 [그림 4-8]과 같이 구글 드라이브에서 '내 드라이브' 버튼을 누르면 나타나는 새 화면에서 파일 업로드나 폴더 업로드를 활용하는 방법이다.

〔그림 4-8〕 구글 드라이브의 파일이나 폴더 업로드 버튼을 활용하는 방법

• 작성한 모든 자료 취합

이동 중에나 다른 사정에 의해 핸드폰으로 작업한 구글 독스 문서
가 있다면 그 문서들은 저장하는 즉시 모두 구글 드라이브의 PC 버
전에도 동기화된다. 따라서 집이나 사무실이나 또는 PC나 노트북
을 활용할 수 있는 어떠한 장소에서든 PC나 노트북을 켜고 구글 크
롬에 들어 있는 구글 드라이브에 들어가면 그때까지 핸드폰이나 PC
및 노트북에서 작업한 모든 문서들을 열어 볼 수 있다.

작성한 기획안에 따라 필요한 파일을 키워드 검색 기법에 따라 찾
아내고, 그중에서 필요한 부분을 복사하여 최종 원고인 구글 문서에
붙여넣기 하고 부족한 부분들을 채워주면 일단 원고 초안을 완성하

게 되는 것이다.

고품질의 기획안을 작성하고 자료만 충실하게 잘 모아졌다면 이 작업은 매우 신속하게 이루어질 수 있다.

여러분들은 혹시나 3~5시간 열심히 타이핑하고 나서 저장하지 않고 PC를 끄는 바람에 데이터가 모두 날라간 경험은 없는가? 또한 이미 작성된 문서를 업데이트하고는 별도의 버전 관리를 하지 않아 이전 내용을 다시 복구하지 못해 재작업한 경험은 없는가? 특히 책자 원고 작성 시에 흔히 일어나는 일로 난감하기 짝이 없는 일이다.

구글 문서의 가장 강력한 기능이 이 두 가지를 모두 방지할 수 있다는 점이다. 구글 문서는 어디에서 작업했든 상관없이 변경 시 자동 저장이 된다. 그리고 저장되는 시점마다 무슨 내용이 누구에 의해 어떻게 고쳐졌는지 모두 추적할 수 있을 뿐 아니라 자동저장 시마다 별도의 버전을 저장해 두어 이전의 필요한 원고로 복원할 수도 있다.

이 두 가지 강점과 구글 드라이브에서 키워드 검색을 하면 문서의 제목뿐 아니라 내용까지 들어가 그 키워드를 포함하고 있는 모든 서류들을 순식간에 검색해 준다는 점, 구글 드라이브에서 구글 문서로 저장하는 경우 구글에서 무료로 제공되는 15GB의 저장공간과 상관없이 무한대로 저장할 수 있다(구글 문서가 아닌 마이크로소프트 오피스 문서나 이미지 또는 동영상을 저장하는 경우 무료 저장공간 15GB는 금방 차버려 유료 저장공간을 구매해야 한다.)는 4가지 점이 책·글쓰기에서 구글 앱들을 활용하는 가장 큰 이유이다.

구글 문서의 경우 별도로 저장하지 않아도 자동저장이 되기 때문에 구글 문서를 처음 작성했을 때 필히 제목을 부여해 놓는 것을 잊지 마라. 만일 그렇게 조치하지 않으면 구글 드라이브 안에 수많은 '제목 없는 문서'들이 저장되어 추후 활용할 때 그 모든 '제목 없는 문서'들을 모두 열어 별도로 제목을 부여하지 않으면 안 되기 때문이다. 그런데 일단 문서 생성 초기에 제목을 달아 둔 이상 별도의 저장을 걱정하지 않아도 된다.

여러분은 경우에 따라 구글 문서를 마이크로소프트 워드로 변환시켜 작업해야 할 경우가 생길 수 있다. 이 경우 [그림 4-9]에서 보는 바와 같이 구글 문서를 열어 '파일' 메뉴에서 '다른 이름으로 다운로드'의 'Microsoft Word'를 선택하여 저장하게 되면 그 파일로는 PC나 노트북에서 보다 효과적으로 문서 수정 및 보완 작업을 수행할 수 있게 된다.

3) 구글, 네이버, 다음 등 포털 검색에서 찾은 자료 수집

내가 책자를 완성할 때 습관적으로 활용했던 방법 중 하나는 집이나 사무실에서 네이버, 다음이나 구글 등 검색 엔진들을 활용하여 필요하다고 판단되는 자료를 찾아낸 후 그 자료들을 모두 복사하여

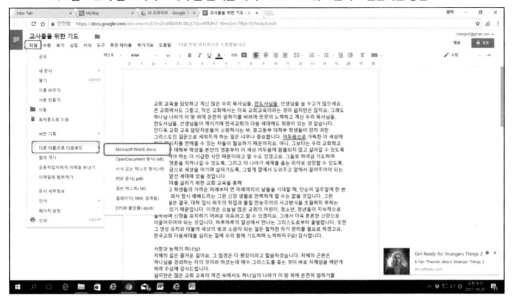

앞으로 설명하게 될 TTSText to Speech 툴인 토크프리에 각기 다른 문서로 붙여넣기를 해 둔 다음에 집이나 사무실을 떠났다.

그러고 나서 이동 중에 토크프리에서 읽어주는 것을 그냥 듣거나 필요한 경우에는 이어폰을 끼고 들었다. 듣는 도중 책자에 추가하거나 참고하면 좋겠다고 생각하는 문구들이 나오는 순간 토크프리를 정지한 다음, 만일 걷고 있을 때라면 구글 문서에 필요한 부분에 해당하는 시작 단어를 읽어준 다음 적절한 설명을 말로 추가해 주었다.

그리고 그 문서에는 예를 들어 "책 원고 필요자료_200515"라는 식으로 제목을 주었다. 제목에 있는 숫자는 일자를 말한다. 경우에 따라 어디서 작성했는지가 중요한 경우 장소도 제목에 추가해 주었다.

이와 같은 방식으로 원고에 추가할 내용들을 수집하고 나서 적절히 앉아 있을 만한 장소를 찾는 즉시 항시 가지고 다니는 가벼운 노트북에서 "책 원고 필요자료_200515" 구글 문서를 열어 필요하다고 정리해 두었던 부분들을 복사하여 책 원고에 바로 적용하는 방식으로 책 원고를 완성해 나갔다.

이제는 책을 기획하거나 자료 수집하는 일이 매우 수월해졌을 뿐 아니라 그 수집된 자료를 정리하고 또 책자에 옮기기 위해 끊임없이 타이핑했던 피곤함에서 해방될 수 있다.

• 효율적인 각종 자료 검색 기법

내가 일반 자료를 검색할 때 검색엔진 중에서 주로 네이버, 다음과 구글을 활용하는데 그중에서도 구글을 주로 활용한다. 훨씬 더 풍부하고 정확한 품질의 자료를 제공해 주기 때문이다. 이 책자에서는 구글 검색에서의 두 가지의 활용방안을 제시해 주고자 한다.

첫째, 텍스트 검색 기법이다. 구글에서는 검색을 도우기 위해 다음과 같은 여러 가지의 방법을 제공해 주고 있는데 자신이 찾고자 하는 내용에 알맞게 활용하면 매우 효과적이다.

가. site : 특별한 서버 혹은 도메인의 페이지에 대해서만 검색

나. intitle : 문서 제목을 기준으로 검색

다. insubject : 제목 라인을 검색

라. intext : 모든 기사의 내용 안에서 검색

마. filetype : 특정한 파일의 확장자를 검색

바. 2018..2020 : 설정 기간을 우선으로 검색

사. +, -, "" : 특정한 문자를 포함, 불포함, 온전한 문장

　예를 들면 Google 검색창에 "기획 intext: 전략 filetype: ppt"라고 입력하면 '기획'이라는 주제로 내용 중에 '전략'이라는 말을 포함하는 파워포인트 슬라이드 형태의 자료들만을 검색하여 모두 보여준다. 그런데 특이한 점은 그렇게 검색해 낸 파워포인트를 내 것으로 수정해서 활용할 수 있다는 점이다. 물론 외부적으로 활용할 때는 지적재산권 문제를 신중하게 고려해야 한다.

　둘째, 구글 알리미의 활용이다. 구글 검색에서 '구글 알리미'를 입력하면 구글 알리미로 들어갈 수 있는데 아래 표와 같은 방법으로 알리미에 자신이 정기적으로 메일을 통해 받고자 하는 키워드를 저장해 두면 지정하는 메일 주소로 정기적으로 관련되는 모든 자료를 보내준다. 나의 경우는 알리미에 4차 산업혁명 관련, 워라밸 관련 및 구글 관련 키워드 16개를 알리미에 매주 알려주도록 입력해 놓았다.

　그런데 자신이 주로 활용하는 메일 주소가 지메일 주소가 아닌 경우는 구글 드라이브에서 설정 기능을 활용하여 계정을 추가해 놓으

면 구글 알리미 수신 위치에 추가한 주소도 함께 나타나게 되어 그 메일 주소를 선택할 수 있게 된다.

매주 받는 내용 중 의미 있는 내용들은 즉시 모두 복사하여 새로운 구글 문서에 저장한다. 구글 드라이브 내에서 생성한 구글 문서는 무료 공간에 계산되지 않기 때문에 무한대로 저장할 수 있을 뿐 아니라 어떤 자료가 필요한 때에는 키워드 검색에서 핸드폰 마이크에 대고 말로 키워드를 입력해 주기만 하면 각 문서의 제목뿐 아니라 내용까지도 훑어 자료를 찾아 주기 때문에 자료 검색 및 수집에 너무나 편리하다.

4) 작성된 글을 이동 중에도 들어보고 수정하기

작성된 문서를 음성으로 읽어주는 기술을 TTSText to Speech라고 한다. TTS 앱으로는 토크프리Talk FREE를 추천한다. 토크프리 (아이폰의 경우 ALOUD)는 71가지의 언어로 문서를 읽어 준다. 발음도 제법 정확하고 여성의 아름다운 목소리로 읽어 준다. 숫자나 기호 같은 것은 좀 이상하게 읽고 한글로 읽는데 영어 문장이 들어가면 약간은 어색하게 들린다.

특히 영어 약자를 사용하는 경우 알아듣기 어렵게 읽어 준다. 그러나 내 경험으로는 전혀 문제가 없다. 한국말이 아주 유창하지는 않지만 잘하는 외국 사람이 여러분들과 대화한다고 가정해 보자. 대

〔그림 4-10〕 구글 알리미

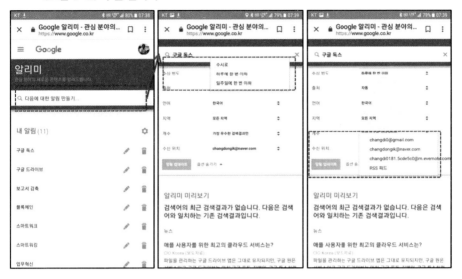

〔그림 4-11〕 메일에 정기적으로 추가되는 모습

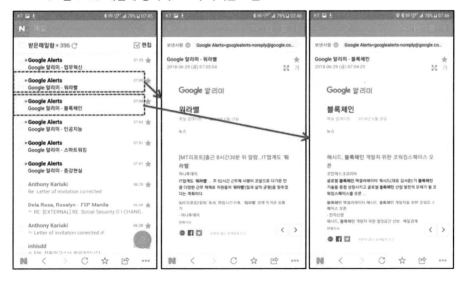

체로 앞뒤 문맥으로 보아 잘하지 못하는 한국말이라도 다 알아들을 수 있는 것과 같은 이치이다. 그런데 이상하게도 중국어는 읽어 주는 리스트에서 빠져 있다. 이유를 알고 싶었지만 참았다.

읽는 것보다는 듣는 것의 효과가 훨씬 크다. 물론 들으면서 읽는 것의 효과는 듣기만 하는 것보다 훨씬 더 크다. 앞으로는 읽어주는 품질이 점점 더 좋아질 것이다. 음성인식, 상황인식, 딥러닝 기술은 빅데이터 분석과 함께 어우러져 더욱더 발전할 것이기 때문이다. 다행히 우리나라의 네이버나 다음 카카오의 경우도 이 분야에 있어서는 꽤 앞서가고 있다. 토크프리의 강점은 읽어주는 속도를 조절할 수 있을 뿐 아니라 특히 좋은 점은 듣다가 중단하고 다시 듣게 되면 처음으로 다시 돌아가지 않고 바로 그다음 부분부터 읽어주기 때문에 짬짬이 들을 수 있어서 매우 유용하다.

[그림 4-12]를 통해 토크프리의 기능에 대해서 배워보자.

나는 토크프리의 이러한 기능으로 인해 오피스렌즈로 작성한 자료나, 검색을 하다가 퍼 온 자료, 카카오톡이나 밴드, 페이스북 등 각종 SNS를 통해 얻게 된 자료, 강연을 듣다가 퍼온 자료 중에서 자료로서 확실하게 관리해야 할 자료들은 물론 구글 문서로 옮겨서 적절한 폴더에 저장한다.

그러나 그러한 자료 중에서도 당장 들어서 이해해야 할 내용이나 아니면 자료의 중요도에 따라 정리해 놓을 필요가 있는 자료인지의 여부를 판단하기 위한 목적으로 어딘가 앉아 있을 만한 자리가 있으

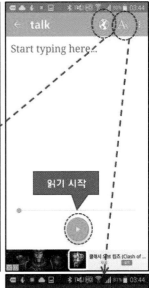

토크프리는 문서를 복사하여 붙여놓으면 자동적으로 첫 번째 화면에서 보듯이 초기 화면으로 저장해 준다.

Export as WAV File이란 토크프리에서 읽어 주는 음성 파일을 다른 곳에 저장하는 용도이다.

두 번째 화면에서 보듯이 현재 읽고 있는 부분을 하늘색으로 표시해 준다.

음성 크기나 높낮이나 속도를 조절하거나 삭제할 수 있다. 71가지 언어로 읽어주는데 언어의 순서가 가나다 순이 아니고 영어 알파벳 순이다.

문자의 크기나 폰트 종류 선택 화면이다.

면 즉시 복사하여 가장 먼저 토크프리로 옮겨 놓는다. 지나고 나면 잊어버리기 때문이다.

그리고 한적하게 걸을 때나 지하철에서나 벤치에서나 사무실에서나 집에서나 비행기에서나 해변에 놀러 가서나 여유가 될 때마다 듣는다. 그리고 수정해야 하거나, 노트해야 할 부분이 생기면 토크프리의 읽기를 중지하고 구글 문서 새 글을 열어 그 수정해야 하거나, 노트해야 할 부분을 말로 입력해 놓는다.

만일 대중교통 안에서라면 이어폰으로 들으면서 내 노트북을 펴서 바로 고쳐야 할 필요가 있는 부분은 고치거나 필요한 내용을 직접 입력해 놓는다. 대체로 1주일 정도 모아진 내용들을 한 번씩 정리해서 자료실로 옮기거나 버리거나 또는 수정 부분을 수정해 놓는다.

아직도 대부분의 출판사들이 출판 전 최종 교정용 원본을 PDF 파일로 사용하고 있다. 그런데 이러한 PDF 파일도 핸드폰에 폴라리스 앱을 다운받아 교정 대상 PDF 파일을 폴라리스 오피스로 열면 원문 모두를 읽어준다. 굳이 원본을 마이크로소프트 워드나 구글 문서로 변환하여 원문을 모두 복사한 후 다시 토크프리로 붙여넣기 하여 읽게 하는 번거로움을 없애 주는 훌륭한 기능이다.

폴라리스 오피스로 연 PDF 문서 화면 우측 하단에 위치한 상향 화살표를 누른 다음 나타나는 메뉴들 제일 밑으로 계속 올려 주면 마지막에 '읽어주기' 메뉴가 나타난다. '읽어주기'를 선택한 후 '모두 읽기'를 선택하면 처음부터 끝까지 읽어 준다.

\<중급 과정\>
여럿이 따로 작업하기

여러분은 초급 과정에서 자판이 아닌 말로 타이핑하는 방법을 배웠고, 모바일 기기와 컴퓨터의 자료를 동기화해서 사용하는 방법과 구글, 네이버 등 포털사이트에서 자료를 찾고 수정하는 방법을 배웠다. 또 작성된 문서를 TTS 앱을 통해서 이동 중에 들으면서 수정하는 방법도 되었다.

이제 여러분은 말로 글을 쓰고, 문서를 만들고, 자료를 찾고, 말로서 쓴 글을 들으면서 수정할 수 있게 되었다. 이러한 과정은 혼자서 핸드폰으로 책을 쓰는 가장 기초적인 과정이었다.

이제부터 여러분은 혼자서 작업을 하는 것뿐만 아니라 구글 드라이브에 문서를 올려놓고 여러 사람과 공유하면서 함께 작업하는 방식을 배울 것이다. 문서를 공유하면서 전문가로부터 코칭도 받고 여러 사람과 공동 작업을 할 수 있다.

공유 문서 작업을 하다 보면 이 방식이 얼마나 빠르고 실리적인지 감탄하게 될 것이다.

5) 구글 앱 활용해서 구글 문서 공유하기

그러면 이제부터 구글 문서를 공유하고 스마트 워킹을 제대로 하는 방법을 알아보기로 하자. 그 첫 번째가 공유Sharing 하는 기능이다.

• 주소록 작성

구글 문서를 공유하기 위해서는 구글 주소록을 미리 작성해 두어야 한다. 자기가 구글 앱스를 통해 자주 교류해야 하는 사람들을 위한 지메일 주소와 전화번호는 별도로 구글 주소록으로 관리하는 것이 편리하다.

구글 주소록은 스마트폰 앱에서도 관리할 수 있지만 구글 드라이브 PC 버전에서 관리하는 방법을 배우도록 하자. 명칭, 회사명, 회사 주소, 이메일, 전화 번호 등 관련되는 모든 내용을 기재하고 지속적으로 업데이트하게 되면 다른 구글 앱들과 연동될 뿐 아니라 다른 모바일 앱들과도 동기화될 수 있다. 구글 앱스에서 자료를 공유하거나 메시지를 주고받을 때 콘택트 포인트 역할을 한다.

대부분의 한국 사람들은 구글 주소록과 지메일 대신 다른 주소록과 다른 이메일을 활용하고 있다. 그런데 구글 앱들의 플랫폼은 지메일이기 때문에 모든 구글 앱들을 활용하기 위해서는 자료를 서로 공유하고자 하는 사람들의 지메일 주소를 파악하여 구글 주소록에 기재해 두어야만 효과적으로 활용할 수 있다.

구글 주소록을 새롭게 사용하거나 또는 추가하는 경우 구글 드라이브 PC 버전에서 다음과 같은 방법으로 시행하면 된다.

〔그림 4-13〕 구글 주소록 활용법 1

PC용 구글 드라이브에 들어가서 옆의 순서대로 작업하면 주소록을 추가할 수 있다.

〔그림 4-13〕 구글 주소록 활용법 2

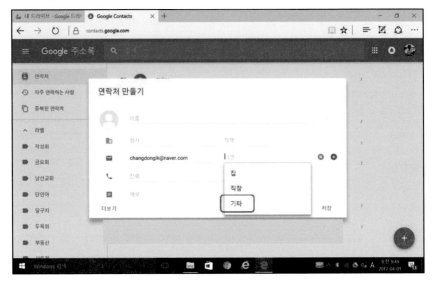

연락처 만들기에서 이름과 지메일 주소를 라벨에서 '기타' 를 입력하고 저장

• 문서를 공유하는 방법

여러 명이 카카오톡이나 네이버 밴드와 같은 SNS 방식으로 클라우드를 활용하여 자료를 공유하고 또한 그에 대한 열린 의사소통이 필요할 경우 구글 독스는 매우 유용하게 활용될 수 있다. 특히 구글 문서가 가지고 있는 여러 사람들과 문서를 공유할 수 있는 기능은 여러 가지 측면에서 매우 강력한 기능이다.

구글 독스는 구글 클라우드 기반 서비스로 세가지 종류가 있는데 문서(워드와 같은 기능), 스프레드시트(엑셀과 같은 기능), 프레젠테이션(파워포인트와 같은 기능) 기능을 무료로 제공하고 구글 드라이브에 무한대로 저장할 수 있다.

다음은 PC에서 활용하던 마이크로소프트 워드 문서를 구글 드라이브로 업로드하면서 구글 문서 형태로 저장된 문서의 경우 공유할 때 나타나는 화면을 예시로 보여준다. 애초부터 구글 문서로 작업된 서류는 [그림 4-14] 중 첫 설명인 구글 문서로 저장 과정을 거치지 않고 바로 사용자 추가하는 화면에서 공유하면 된다.

최초 문서 작성자는 특정 자료나 이슈에 대해 실시간으로 열려 있는 의사소통을 위해 함께 하기를 원하는 모든 사람들을 [그림 4-14]와 같은 방법으로 초청함으로써 의사소통에 참여시킬 수 있다. 별도로 초청하는 사람이 1명이든 100명이든 상관없다.

이때 각 초청 대상자마다 세 가지의 각기 다른 형태의 권한을 주게 되는데, 첫째가, 수정 보완을 함께 할 수 있는 사람들, 둘째가 그 문서에 댓글을 달 수 있는 사람들, 셋째, 그 문서를 읽을 수만 있는 사람들 등 세 그룹으로 분류하게 된다. 세 가지 각각의 권한마다 100명까지 초청하여 공유할 수 있다. 따라서 이론적으로는 한 문서에 최대 300명까지 초청할 수 있게 되는 것이다.

예를 들어 〈핸드폰책쓰기코칭협회〉의 회원이 구글 문서를 공유하고 스마트 워킹할 모든 회원들은 모두 수정 권한을 가져야 하며, 코칭을 하는 전문강사 댓글을 달 수 있는 권한을 가지면 되고, 단순히 참조만 하면 되는 회원들은 읽기만 하는 권한을 갖게 된다.

〔그림 4-14〕 공유 문서 초청대상자 초청 시 권한 주는 방법 1

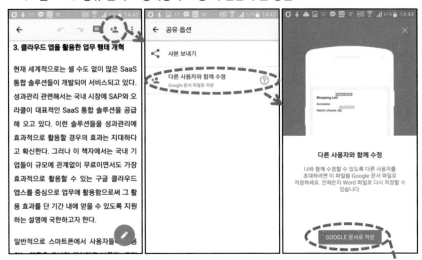

구글 드라이브에서
마이크로소프트 워드 문서를
열고 우측 상단에 사람과
+싸인을 함께 가지고 있는
아이콘을 누르면 다음 화면
나타남.

'다른 사용자와 함께 수정'을 누르면 우측 화면이 나오고
'Google 문서로 저장 버튼을 누르면 아래 좌측 화면이 나오고
다음 공유자의 권한을 수정가능으로 준 다음 사용자의 지메일
주소를 입력하거나 주소록을 관리하는 경우 이름을 쳐 주고
초청하면 상대방의 구글 드라이브 내 공유문서에 저장된다.

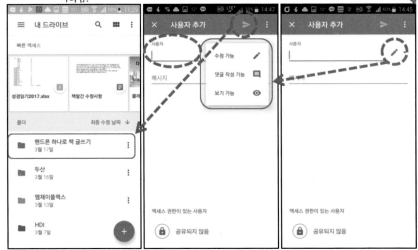

〔그림 4-14〕공유 문서 초청대상자 초청 시 권한 주는 방법 2

공유하려는 문서를 열고 공유 버튼을 누르면 '다른 사용자와 공유' 관리 화면이 나타난다.
사용자를 추가하고 연결 버튼을 눌러서 공유 권한을 설정하고 전송한다.

또한 초청 대상자에게 댓글을 달 수 있는 권한을 부여하게 되면
그 문서를 실시간으로 검토한 사람들은 언제든지 의문사항이 있거
나, 이슈가 되거나, 참고가 될만한 사항들을 문서 안에서 그 대상이
되는 내용을 선택한 다음에 그 내용에 해당하는 댓글을 달아 주면
된다. 문서의 전반적인 내용에 대한 댓글이라면 문서 전체 내용을
선택한 다음 댓글을 달아 주게 된다.

스마트폰에서 댓글을 달기 위한 내용을 선택할 때는 그 내용 중
아무 단어 위에 손가락을 2초가량 누르고 있으면 그 단어가 선택이

되고 단어 위에 새롭게 만들어진 네모 상자 아랫부분에 생성된 풍선 모양을 눌러서 앞뒤로 끌어서 댓글을 달고자 원하는 만큼의 대상 내용을 선택할 수 있게 된다.

이와 같은 방식으로 댓글을 달게 되면 그 즉시 해당 문서와 관련된 모든 사람들이 실시간으로 그 댓글을 확인하게 되고, 자신도 그에 대한 의견을 역시 댓글로 달게 되면, 관련되는 모든 사람들이 서로 간에 교신한 댓글 내용들을 실시간으로 공유할 수 있게 된다.

이 댓글 역시 스마트폰에서 말로 하면 작성이 된다. 댓글에 대한 댓글은 별도의 댓글을 달지 말고 댓글 내에 있는 댓글을 달아주는 것이 효과적이다.

누구든지 문서 내용을 수정하거나 댓글을 달게 되는 즉시 그 문서는 별도로 저장하지 않아도 자동 저장을 할 뿐 아니라 자동 저장될 때마다 누가 몇 월 며칠 몇 시 몇 분에 어디를 어떻게 수정했는지 변경 내용을 기록해 준다.

[그림 4-15]는 '댓글 달기'와 '댓글 보기' 방법을 설명한다.

〔그림 4-15〕 댓글 달기 1

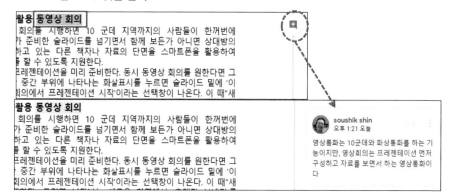

댓글의 메뉴 버튼을 누르면 추가 댓글과 삭제 버튼을 볼 수 있다.

〔그림 4-15〕 댓글 달기 2

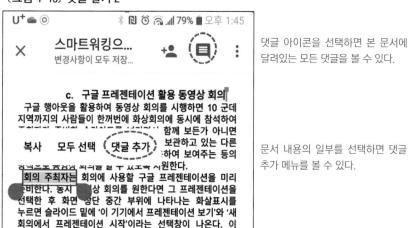

댓글 아이콘을 선택하면 본 문서에 달려있는 모든 댓글을 볼 수 있다.

문서 내용의 일부를 선택하면 댓글 추가 메뉴를 볼 수 있다.

• 공유문서의 변경 내용 추적 및 원본 복원

〔그림 4-16〕 구글 문서 공동 작업시 자동저장/버전기록관리/원본 복원

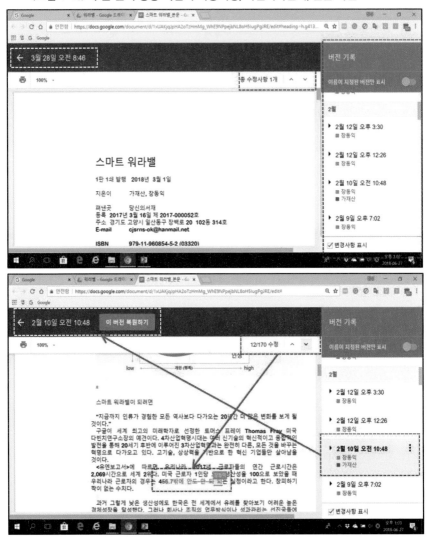

이 기능은 PC나 노트북에서만 실행할 수 있는 기능이다. 여러 명이 함께 같은 문서를 가지고 공동 작업할 때는 원본 문서 작성자가 초청 대상자를 초청할 때 수정할 수 있는 권한을 주게 된다.

예를 들어 R&D 부서에서 여러 명이 공동 연구를 하는 경우 그 연구 보고서는 함께 연구에 참여했던 사람들이 작성하게 될 것이다. 이때 공동연구자 모두가 수정할 수 있는 권한으로 문서를 공유할 수 있다.

어떤 문서에 초청된 모든 사람은 하나의 문서를 가지고 공동으로 작업하게 되는데, 어떤 사람이 수정하든 가장 최근의 버전에서 작업하게 된다.

누구든 수정하는 즉시 다른 사람들이 수정본을 볼 수 있다. 문서를 공유한 모든 사람들은 구글 문서(문서, 스프레드시트, 프레젠테이션)의 PC 버전에서 '파일' 메뉴에 있는 '버전기록보기'를 선택하면 나타나는 새 화면에서 그 수정된 일시(며칠 몇 시 몇 분까지 기록됨)와 누가 어느 부분을 어떻게 수정했는지를 상세하게 파악할 수 있다.

두 사람 이상이 같은 시간에 공동 작업을 하게 되는 경우는 버전별로 저장되어 있기 때문에 어떤 사람이 수정하게 되면 항시 누구든 가장 마지막으로 수정한 문서 버전 위에 수정하게 되는 것이다.

여러분은 아마도 오피스 문서를 작업하면서 과거 버전과 현재 버전의 버전관리를 V1.0. V1.1 등으로 별도 관리하지 않아 과거 버전의 문서가 필요할 경우 다시 입력할 수밖에 없었던 경험이 있을 것이다.

그러나 구글 문서에서는 전혀 걱정할 필요가 없다. 이전 버전에서의 원본을 복원하고 싶다면 보고자 하는 버전에 들어가 '원본 복원하기'를 클릭하면 원하는 버전의 원본을 복원할 수 있다.

6) 구글 행아웃을 이용한 책쓰기 코칭 방법(개인 코칭, 집단 코칭)

구글 행아웃이란 앱을 활용하면 열 군데 지역까지의 사람들이 한꺼번에 화상회의에 동시에 참석하여 동영상 회의를 할 수 있다.

우리 〈핸드폰책쓰기코칭협회〉는 구글 행아웃을 활용해서 집단 코칭도 하고 있다.

행아웃으로 화상회의를 하는 사람들은 스마트폰 행아웃 화면 하단에 위치한 각각의 작은 원 안에 참석한 사람들 각자의 모습이 동영상으로 찍혀서 나타나게 된다. 행아웃은 참석자들 스마트폰의 앞면에 위치한 카메라를 활용한다.

그런데 어떤 사람이 자신의 설명을 하면서 자신의 얼굴 모습 대신에 다른 자료를 보여주고 싶다면 스마트폰을 그 서류를 향하도록 하면 나머지 모든 참석자들은 그 서류를 보면서 그 사람의 설명을 들을 수 있게 되는 것이다.

행아웃은 모든 동영상 회의 참석자의 스마트폰 화면에 별도의 조치가 없이도 그때 설명하고 있는 사람의 스마트폰 화면을 자동적으로 나타내 주기 때문에 다른 모든 참석자들이 동시에 설명하고 있는 사람의 스마트폰 화면을 보게 된다.

만일 어떤 참석자가 특정 참석자가 무엇을 하는지 보고자 원하면 화면 하단에 나타나 있는 다른 참석자들의 원들 중에 그 사람의 원을 선택하면 그 사람의 화면이 나타나게 된다.

만약 회의에 참여하는 모든 사람이 빔프로젝터, TV나 대형 PC 모니터를 가지고 있으면서 Smart View 기능을 수행하는 동글을 보유하고 있다면 스마트폰 작은 화면을 보면서 회의하는 것이 아니고 소파에 앉아 커피를 마시면서 대형 화면을 통해 화상 회의를 진행할 수 있게 된다. 아마 즐길 수 있다고 표현해도 좋을 것이다. 그것도 공짜로 말이다.

이런 기능은 특히 서로 먼 거리에 떨어져 있는 코치나 컨설턴트와 코칭이나 컨설팅을 받는 사람들 간에도 매우 유용하게 활용될 수 있다. 코칭이나 컨설팅을 받는 사람들은 갑자기 매우 중요하면서도 그 시기를 놓치게 되면 효과가 매우 떨어지는 시급한 의문사항이 생길 수 있다. 그러나 이런 경우에 일반 전화로 효과를 거두기는 어렵다.

이때 코칭이나 컨설팅을 받는 사람은 즉시 코치나 컨설턴트에게 전화로 행아웃을 통한 코칭이나 컨설팅을 요청할 수 있고 코치나 컨설턴트의 경우는 자신의 사무실이나 집에 있을 경우 자신이 확보하고 있는 자료와 자신의 클라우드 저장소에 저장되어 있는 자료들 중에서 적절한 자료를 바로 찾아서 행아웃을 활용하여 대상자에게 보여주면서 코칭이나 컨설팅을 추진할 수 있다.

이것이 클라우드 워킹Cloud Working이고 스마트 워킹이다. 통상 코칭이나 컨설팅을 받는 사람의 장소에 방문하여 코칭이나 컨설팅을 하는 경우, 최선의 코칭이나 컨설팅 시점을 이미 놓쳐 버린 경우이거나, 또는 자신의 집이나 사무실에서 미리 준비해 오지 못한 자료가 필요한 경우 그 새로운 의문사항이나 요구사항에 대해서 즉각 대응하지 못하여 그 효과가 떨어지는 경우가 많이 발생하기 마련이다. 그러나 행아웃을 통한 클라우드 워킹은 이동 시간을 절감하는 것은 물론 그와 같은 문제점을 해소하면서 그 효과를 증대시킬 수 있다.

행아웃으로 동시 화상회의를 하려면 행아웃을 열고 화면 하단 우측에 위치한 '+' 싸인을 누르면 '새 화상 통화'와 '새 대화'가 나타난다. 그 중 '새 화상 통화'를 선택하면 가장 위에 위치한 검색 창에서 화상회의에 초대하고자 하는 사람을 한 사람씩 24명까지 초대할수 있다. 이 때 중요한 것은 통화 상대방을 전화번호로 초청하는 것이 아니라 그들의 지메일 주소로 초청한다는 점이다.

따라서 통화하고자 하는 사람들이 모두 지메일을 가지고 있어야 하며 그 지메일 주소를 미리 자신의 주소록에 저장해 놓아야 한다는 점이다. 주소록에 미리 저장해 놓지 않으면 각자의 지메일 주소를 하나씩 모두 입력해야 초대할 수 있는데 불편해서 안 된다. 주소록에 미리 입력해 두면 초대할 사람의 이름 첫 자나 두 번째 자 정도 입력해 주면 선택 창이 나와 쉽게 선택할 수 있도록 도와준다.

행아웃을 활용하기 전에 대상자 모든 사람들이 준비해야 할 사항이 하나 더 있다.

스마트폰의 설정에서 '애플리케이션'으로 가서 행아웃을 선택한 다음에 여러 항목 중 '알림'을 선택하여 나타나는 선택사항 중 모든 항목이 선택되도록 해 두어야 행아웃으로 통화 초대가 되면 통화음이 울리도록 해서 전화를 받을 수 있다. 아니면 통화음이 울리지 않는 통화 대상자는 초대에 응할 수가 없게 될 것이다.

구글 행아웃을 활용하여 동영상 회의를 시행하면 25군데 지역까지의 사람들이 한꺼번에 화상회의에 동시에 참석하여 주최자가 준비한 슬라이드를 넘기면서 함께 보든가 아니면 상대방의 얼굴을 보거나 자신의 장소에 보관하고 있는 다른 책자나 자료의 단면을 스마트폰을 활용하여 보여주는 등의 방식으로 동영상 회의를 할 수 있도록 지원한다.

회의 주최자는 회의에 사용할 구글 프레젠테이션을 미리 준비한다. 동시 동영상 회의를 원한다면 그 프레젠테이션을 선택한 후 화면 상단 중간 부위에 나타나는 화살 표시를 누르면 슬라이드 밑에 '이 기기에서 프레젠테이션 보기'와 '새 회의에서 프레젠테이션 시작' 이라는 선택창이 나온다.

이때 '새 회의에서 프레젠테이션 시작'을 선택한다. 그러면 나타나는 새로운 화면에서 '초대장 보내기'를 선택한다. 초대 방법 선택에서 'Gmail'을 선택하면 Gmail을 보낼 수 있도록 새 창이 뜨는데 그 창에서 받는 사람의 명단에 초대하고자 하는 사람들 Gmail 주소를 24명까지 한꺼번에 추가하여 이메일을 보내면 된다.

구글 프레젠테이션 회의를 하고자 할 경우에는 초대받는 모든 사람들에게 미리 이메일, 카톡, 또는 전화 등의 교신 방법을 통해 몇 시에 구글 프레젠테이션 통화를 하니 회의 시간 임박하여 지메일을 열면 나타나는 회의를 위한 URL을 선택하여 같은 시간에 모두 통화에 참여하도록 미리 확인해 놓아야 한다.

그러면 초대를 받은 사람은 정확한 회의 시간 약 10초 전에 그 초청 지메일에 들어가 초청 URL을 누르고 동영상 회의에 합류 버튼을 누르면 모두가 같은 시간에 참여하게 되는 것이다.

회의 주최자는 회의 시간 바로 전에 앞서 설명한 초대장 보내기를 했던 화면에 나타난 '프레젠테이션 보기' 버튼을 누른다. 그러면 회의에서 설명하고자 하는 슬라이드가 나타나면서 상단에 있는 사람 상체 두 개 모양의 아이콘을 누른다. 그러면 누가 참석했는지를 확인할 수 있다. 상대자 모두가 참여하게 되면 바로 구글 프레젠테이션으로 돌아가 동영상 회의를 시작하면 된다.

주최자가 슬라이드를 넘기면서 설명을 하면 다른 모든 초대자들이 같은 슬라이드를 보면서 설명을 듣거나 또는 서로 질의응답을 할 수 있게 된다. 그런데 설명 중간에 한 지역에서 "내가 직접 무엇인가 보여줄 것이 있습니다"라고 주최자에게 요청하게 되면 주최자는 화면 상단의 우측에 있는 동영상 표시를 켜 주게 된다.

그러면 슬라이드 화면이 행아웃 동영상 모드로 바뀌게 되어 모든 참여자가, 설명하고 있는 사람의 스마트폰 앞면 카메라가 비추는 곳을 보게 된다. 설명이 끝나서 다시 슬라이드 모드로 바꿀 필요가 있을 때는 주최자가 그 동영상 표시를 꺼주면 다시 슬라이드 모드로 바뀌어 회의를 지속할 수 있게 된다.

구글 행아웃을 활용하는 교수법은 어쩌면 난이도가 높은 고급과정일 수도 있다. 여러분은 원거리 화상회의를 통한 교수법이 있다는 것만 알아두면 코칭 과정을 통해서 차차 알아가게 될 것이다.

7) 신문, 잡지, 책을 사진 찍어 문서화: 이미지를 문자화

신문 잡지나 관련되는 책자를 보다가 관심있는 자료가 있을 경우 사진을 찍으면 바로 문서가 된다. 이 기술은 ITTImage to Text 기술이라고 한다. 이 기능을 제공하는 앱 중에서 가장 탁월한 앱이 마이크로소프트 오피스렌즈이다. 오피스렌즈를 사용하기 위해서는 마이크로

소프트에 계정 등록을 해야 한다. 만일 마이크로소프트에 계정 등록이 되어 있지 않은 경우라면 다음과 같은 순서로 먼저 마이크로소프트에 계정 등록을 해야 오피스렌즈를 활용할 수 있다.

그런데 통상 이 등록 과정을 실행할 때 참을성이 필요하다. 잘못 입력하게 되면 여러 번에 걸쳐 다시 실행해야 하기 때문이다. 특히 어떤 계정을 로그인할 때 사용하는 계정명을 잘 기억하지 못하거나 암호를 잊어버리는 경우가 많기 때문에 여러분들은 항시 각 계정마다 계정명과 암호명을 나만이 찾을 수 있는 제목을 단 메모에 모두 기록해 놓는 것이 향후를 위해 도움이 된다. 그렇지 않으면 그 계정을 다시 찾아 들어가기가 여간 까다로운 것이 아니다.

그리고 특히 새롭게 계정 등록을 하는 경우에는 대부분의 앱들이 앱 제공사가 본인 확인을 하기 위해 이메일이나 메시지를 통해 보내 주는 코드를 등록 화면에서 입력해 주어야 하는데 이때 꼭 알아두어야 하는 기법이 있다.

본인 확인 코드를 보냈다는 상대 앱 제공사의 내용이 화면에 뜨면, 핸드폰 화면 하단 중앙에 있는 스톱 버튼을 눌러서 일단 현재의 등록 화면에서 나갔다가 이메일이나 메시지에서 보내 준 코드를 확인하여 그 코드를 기록해 둔다. 그다음 다시 등록 화면으로 돌아올 때 그 이메일이나 메시지를 끄지 않는다.

너무 오래된 핸드폰이 아니라면 대부분 핸드폰 하단의 왼쪽에 있는 표시를 누르게 되면 자신이 최근 활용한 화면들이 나타나게 되는

데, 그중에서 바로 전 화면인 앱 등록 화면을 선택하여 누르면 등록 화면이 다시 나타나게 되는 것을 기억하라. 통상은 이 방법을 모르면 등록하는 데 매우 애를 먹게 된다.

그런데 마이크로소프트 계정 등록의 경우 본인확인 코드를 확인하기 위해 등록 화면을 떠나는 순간 다시 등록 화면으로 돌아오지 못하는 경우가 발생한다. 따라서 반드시 PC나 노트북으로 본인확인 코드가 전송되는 이메일을 켜 놓은 상태에서 핸드폰으로 계정 등록을 해야 한다. 왜냐하면 핸드폰에서의 등록 화면을 끄지 않은 상태에서 바로 본인확인 코드를 확인할 수 있기 때문이다.

[그림 4-17]을 따라서 실습해 보기 바란다. 그리고 또 한 가지 팁은 영어 자판을 선택할 경우 하단부 좌측에 소문자와 대문자를 구분해서 입력할 수 있도록 하는 위 화살표가 나온다. 한 번 누르면 대문자가 되는 것은 모두 잘 아는데 그것을 두 번 누르면 대문자만 칠 수 있도록 되는 것은 잘 모른다.

일반적으로 아래 표에서도 나타나 있듯이 본인확인을 위해 문자를 입력하도록 하는 입력란에는 대부분 대문자만으로 입력하도록 하는 경우가 많다. 이때 그 화살표를 두 번 눌러 대문자만 입력하도록 조치하면 편리하다.

〔그림 4-17〕 마이크로소프트 계정 등록 방법

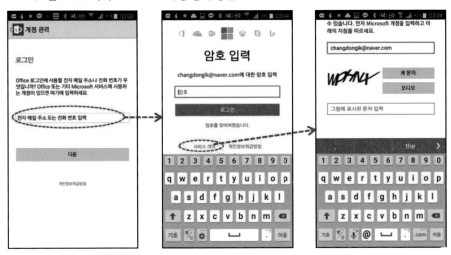

오피스렌즈를 처음 사용하려면 마이크로소프트에 계정등록을 해야 한다. 이미 등록이 되어 있다면 등록된 메일 주소를 입력하기만 하면 시작할 수 있다.

등록되지 않은 사람은 신규 등록을 해야 하는데 서비스계약이라는 버튼을 누른다.

요구하는 대로 입력하면 등록한 이메일 주소로 코드를 보내 준다.

등록한 이메일에서 코드번호를 복사해서 옆 화면에 붙여넣기한 다음 '다음' 버튼을 눌러주면 암호를 설정하라는 지시가 나온다. 암호를 설정해 주면 등록이 끝나고 사용할 수 있다.

• 오피스렌즈 활용법

오피스렌즈는 각종 인쇄된 문서나 문자로 된 어떤 종류의 실내외 설치물도 사진을 찍으면 그 안에 들어 있는 내용을 문자화시켜서 핸드폰용 마이크로소프트 워드, 엑셀, 또는 파워포인트로 변환시켜 준다.

그러나 실제 책과 글쓰기를 위한 내 경험에서는 엑셀이나 파워포인트의 경우 큰 실효성을 거두기가 어려웠지만 워드의 경우는 막강한 힘을 발휘해 주었다. 그리고 앞으로 설명하게 될 마이크로소프트 원드라이브라는 클라우드 저장 공간에는 이 모든 작업들의 결과물들을 자동으로 저장해 준다.

[그림 4-18]을 따라 실습해 보자.

오피스렌즈를 켜면 사진 촬영기가 나온다. 핸드폰을 촬영하기 위한 대상물을 향하게 되면 핸드폰 화면에 문자화하고자 하는 문서 내용이 모두 잘 포함되도록 위치시키고, 하단에 있는 '문서' 라는 항목을 선택한 다음 중앙의 동그란 촬영 버튼을 누른다.

이때 빛의 정도가 매우 중요하기 때문에 아주 밝지 않은 곳에서는 플래시 기능을 활용하는 것이 좋다. 그리고 빛이 일정하게 비추어지도록 조치해야 한다.

책을 촬영할 때는 책이 최대한 수평을 유지하도록 조치한 다음에 찍어야 한다. 책을 찍을 때는 처음에는 다른 사람의 도움을 빌려서 찍을 수도 있지만 숙달이 되면 혼자서도 잘 처리할 수 있게 된다. 훈련이 좀 필요하다.

사진 찍을 때 책 가운데를 눌러 펴 주기 위해 엄지손가락이 포함되는 것을 걱정하지 말라. 엄지손가락은 문자로 인식되지 않기 때문이다. 사진을 찍고 나서 핸드폰 화면 아래쪽에 보이는 저장 버튼을 누르면 저장 화면이 나오는데 이 때 책·글쓰기를 하는 사람들은 워드를 활용하게 되기 때문에 워드와 원드라이브를 선택하여 저장하라.

화면 상단에 위치한 제목 부위를 눌러 주면 그 문서의 제목을 달아 줄 수 있도록 커서가 생긴다. 그러면 원하는 제목을 입력할 수 있다.

이때도 손가락으로 입력할 수도 있으나 앞에서 배운 음성 입력 방식 STTSpeech to Text으로 입력할 수도 있다. 음성 입력을 자꾸 활용해 보아야 생활화된다. 처음에는 불편하더라도 자꾸 활용해야 한다.

제목을 달아 줄 때는 향후 검색이 쉽도록 가능한 한 자세한 내용의 제목을 달아주고 자료를 획득한 일자와 장소 같은 것을 넣어주면 좋다.

다음 화면은 문서화된 리스트가 나오게 되는데 좌측 상단에 나타나는 것이 가장 최근에 문서화된 것이다. 그 문서를 눌러주면 대상물의 이미지가 문서화된 문서가 나타나게 된다. 나는 오피스렌즈를 활용하여 문자화된 문서 내용의 가장 윗부분에 마이크 기능을 활용하여 말로 그 내용의 요약, 자료 출처 및 일자 등을 달아 주었다.

왜냐하면 첫째, 검색엔진을 활용하여 얻은 다른 사람들의 자료를

〔그림 4-18〕 인쇄된 문서나 실내 외 설치물을 직접 사진 찍어 문자화 1

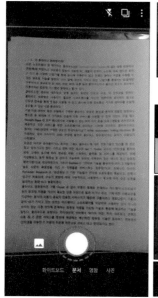

여러 장 스캔 할 수 있으며, 스캔
한 쪽수가 표시된다

대상물이 붉은 선 안에 모두
들어온 상태에서 스캔 한다

문서를 시계 방향으로
90도 회전시킨다

제목 변경 후 Work만 선택한
상태에서 저장한다

〔그림 4-18〕 인쇄된 문서나 실내 외 설치물을 직접 사진 찍어 문자화 2

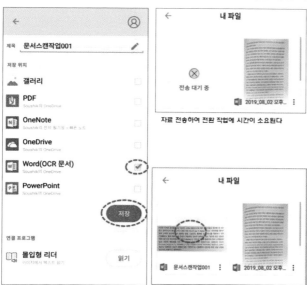

자료 전송하여 전환 작업에 시간이 소요된다

변환된 문서와 원본 이미지를 같은
파일에 보여주어 필요 시 원본
확인하며 수정할 수 있다

책자에 인용하는 경우 지적재산권 문제를 피하기 위해서는 어디에서 누구의 글을 인용했는지를 책자에 기록해 주어야 하며, 둘째, 그 문서가 구글 드라이브에 저장되고 추후에 구글 드라이브에서 키워드 검색을 할 때 적절한 키워드의 일부만 입력해 주어도 문서의 제목뿐 아니라 문서의 내용 안에서도 같은 키워드가 있을 경우 원하는 문서를 찾아 주는 친절한 기능이 있기 때문이다.

이 같은 방법으로 워드로 변환된 문서도 나중에 책자를 실제 편집할 때 구글 드라이브에서 키워드 검색을 용이하게 하기 위해 변환된 워드 문서를 모두 선택하여 구글 문서로 이동 저장해 준다.

오피스렌즈의 더욱 중요한 기능은 이미 사진을 찍어 놓았거나 핸드폰, 또는 클라우드 저장 공간에 저장되어 있는 모든 스캔된 문서들도 오피스렌즈로 가져와서 문서화시켜 준다. 오피스렌즈는 이미지를 문서화시키는 작업 시간이 좀 소요된다. 따라서 시간이 없을 경우는 대상 이미지를 그 즉시 핸드폰 카메라를 활용하여 사진 찍어 두면 된다.

[그림 4-19]는 오피스렌즈에서 이미 핸드폰이나 클라우드 저장 공간에 있는 문자를 포함한 사진이나 스캔된 문서를 문자화시켜 주는 방법을 보여준다. 아래 사례에서 알 수 있듯이 가져올 수 있는 사진이나 문서는 핸드폰이든 다른 클라우드 공간에 있든 모든 서류 중에서 선택할 수 있어 매우 유용한 자료 수집 기능이다.

내 핸드폰에 있는 어떤 종류의 이미지뿐 아니라 현재 내 핸드폰에는 없지만 PC나 노트북에 들어 있는 이미지도 모두 문자화할 수 있기 때문에 책·글쓰기에 없어서는 안되는 중요한 기능이다. PC나 노트북에 있는 이미지를 핸드폰 오피스렌즈에서 문자화하기 위해서는 이미 [그림 4-7]과 [그림 4-8]에서 설명했듯이 필요한 이미지를 구글 드라이브에 옮겨 놓으면 된다.

다음 오피스렌즈를 활용하여 핸드폰에 저장되어 있는 이미지를 가져와 문서화하는 과정을 [그림 4-19]를 따라 실습해 보자.

오피스렌즈를 열고 화면 하단 사진 찍기 버튼 좌측에 위치한 그림 모양을 누르면 핸드폰 갤러리에 저장되어 있는 모든 이미지들이 최근에 저장한 것부터 나타나는데 그중에서 필요한 이미지를 선택한다.

갤러리가 아니라 핸드폰의 내 파일이나 네이버, 다음, 구글 드라이브, 구글 포토 등 각종 클라우드에 저장된 이미지를 가져오려면 화면 상단 우측에 위치한 파일 모양을 선택하면 나타나는 저장공간 이름들 중에서 찾아 선택하면 된다.

그다음은 [그림 4-18]에서 설명한 사진을 찍어 문서화하는 방법과 똑같다.

만일 책의 중간 부분을 사진 찍는 경우는 찍히는 쪽 면이 평평하지 못하고 둥글게 찍히게 되므로 그 둥근 부분을 펴 주는 작업을 해 주어야 문자화를 제대로 할 수 있다. 둥글게 찍힌 문자는 인식도가 많이 떨어져 수정할 부분이 많아지기 때문에 주의를 기울여야 한다.

이미지에 나타난 문자들 중 일부만 필요한 경우 화면 상단 중앙에
위치한 사각형 모양을 선택하면 문자화하고자 하는 부분을 선택할
수 있도록 해 준다. 이때 범위를 지정하고 또한 문자화하고자 하는
부분이 잘 펴질 수 있도록 사각 끝부분을 잘 조정해 주어야 문자 인
식도가 높아져 거의 고칠 것이 없게 된다.

〔그림 4-19〕 기존의 사진이나 스캔된 문서 문자화

이미지 아이콘을 선택한다

갤러리에 저장된 순서대로 보여준다

이미지 선택 후 처리는 그림3-
8과 동일하다

8) 수집된 자료의 효율적인 관리

　계속 수집된 자료를 쌓아 놓기만 하면 나중에 찾기가 어려울 것이다. 이제 여러분들은 구글 드라이브에 책·글쓰기 와 관련된 자료를 계속 수집해나가면서 효과적인 관리를 위한 폴더를 구성해야 한다.

　출판 기획서가 작성되고 나면 자료실을 어떻게 구성할 것인지에 대한 보다 구체적인 자료실 설계도를 그릴 수 있게 된다. 그 설계도에 따라 [그림 4-20]을 따라 구글 드라이브에서 폴더를 구축하는 방법을 배우도록 하자. 매우 쉽다.

〔그림 4-20〕 **구글 드라이브 폴더 생성하는 방법**

이제 폴더가 작성되었다면 그동안 드라이브에 저장된 각종 문서들을 새로 작성한 폴더에 이동시켜야 한다.

[그림 4-21]을 따라 실행해 보자. 이동하고자 하는 한 문서의 제목 위에 손가락을 얹어놓고 2초가량 지그시 누르면 그 문서가 선택이 되는데 그다음 문서들의 경우는 지그시 누를 필요없이 살짝 대기만 해도 지속적으로 추가된다.

〔그림 4-21〕 새로운 폴더에 파일 이동하는 법

특정 파일을 선택하고 오른쪽 마우스 버튼을 누른다

<고급 과정>
전문작가 작업하기

여러분은 중급 과정에서 구글 문서를 공유하는 방법과 여러 사람과 공동 작업을 하는 방법을 배웠다. 참여자가 서울에 있거나, 제주도에 있거나, 외국에 있어도 인터넷 접속만 되는 곳에 있다면 실시간으로 공동작업을 할 수 있고 코칭도 받을 수 있다.

또 행아웃이란 화상 앱을 사용하면 동화상 회의나 수업을 실시간으로 받을 수 있다는 것도 알았다. 오피스렌즈란 앱을 사용하면 책이나 사진에 있는 텍스트를 추출해서 자료로 쓸 수 있고 토크프리로 들을 수도 있다는 것도 배웠다. 또 수집된 자료에 효율적인 관리 기법도 배웠다. 여러분은 이번 고급과정을 마스터하고 나면 핸드폰 글쓰기에서 두려움이 없는 달인이 되어 있을 것이다.

9) 신속하고 정확한 자료 검색

이제 많은 자료를 수집해 놓았다면 책자 원고 작성을 시작하기 위해서는 그 수많은 자료들 중에서 책자의 내용에 적절한 자료를 검색해 내는 방법을 알아야 한다.

당신은 혹시 필요한 자료가 어디 있는지를 몰라 장시간 찾다가 결국 못 찾은 경험을 해 본 일은 없는가? 대부분의 사람이 경험하는 일이다. 그러나 구글 드라이브는 활용하는 기법을 잘 알기만 하면 그런 일이 발생하지 않는다. 구글 드라이브에 아무리 많은 자료가 저장되어 있다 할지라도 검색란에 말로 필요한 키워드를 입력하는 즉시 빠른 시간 내에 문서의 제목만이 아니라 저장된 문서의 내용을 모두 훑어 같은 키워드를 포함한 제목이나 내용에 같은 키워드가 들어가 있는 문서들을 모두 찾아준다.

다음의 [그림 4-22]는 구글 드라이브에서 자료를 검색하는 방법을 알려 준다.

이제 앞으로는 책자 원고를 작성할 때 필요한 수많은 자료들을 과거와 같이 사진이나 스캔된 형태로 저장하는 것이 아니라 앞에서 배웠던 여러 가지 기법을 활용하여 문자화해서 저장하게 될 것이기 때문에 필요한 자료를 즉시 찾아내게 될 것이며 필요한 부분을 복사해서 옮기기만 하면 직접 입력해야 하는 수고를 할 필요가 거의 없다.

그리고 출간을 도와주고 코칭하는 사람들도 피코칭 대상자와 인터뷰하면서 들은 긴 이야기들을 별도로 입력할 필요가 없다. 상대방이 말한 내용을 바로 음성 변환하여 문자화된 것들을 들으면서 잘못된 부분을 수정해 주기만 하면 된다.

작성하고자 하는 원고 내용에 도움이 되는 자료들을 복사해 옮겨놓고 수정하거나 또는 추가해야 되는 부분들은 음성으로 입력하는

1. 내 드라이브의 초기 화면 상단에 돋보기 모양의 검색을 누르면 가운데 화면처럼 검색 창이 나온다.
2. 검색 창에 CPS(Cyber Physical System)이라고 입력하면 구글 드라이브에 저장된 모든 파일 제목뿐 아니라 그 내용에 CPS라는 단어를 포함하고 있는 모든 파일을 찾아 준다.

방식으로 완성해 나가면 된다. 음성으로 하는 것이 더 불편할 경우에만 직접 타이핑하여 입력하면 된다. 그리고 듣는 것과 읽는 것을 동시에 하면서 수정 작업을 하는 효과는 예전 방법대로 읽기만 하면서 수정 내지 교정 작업을 하는 것보다 최소한 4~5배 이상이 되는 것으로 판단된다.

나는 구글 드라이브에 수백만 장의 자료들을 저장하여 활용하고 있다. 그런데 내가 2018년 6월 마지막 주 '스마트폰 고수되기' 세미나에 나의 친구 몇 명이 참여했는데 그중 한 명의 이름을 검색란에 말로 입력하여 그 이름을 담고 있는 문서들을 찾아 보여주었다. 구글 드라이브에 저장된 수백만 장의 제목과 내용을 모두 훑어 그 이름이 들어간 파일을 즉시 전부 찾아주는 모습을 보여주었더니 참여한 모든 사람들이 '와우' 하며 놀라 했던 경험이 있었다.

바로 그 친구의 이름이 들어가 있는 내 두 아들 혼사시 축의금과 돌아가신 아버님 장례 시 조의금 명단을 기록해 둔 구글 시트들이 즉시 나온 것이다. 지금도 새로운 세미나 때마다 이 사례를 보여주고 있다.

10) 수집한 외국어 자료 즉석 번역

최근 들어 가장 발전한 기술은 음성 인식 및 음성합성기술과 번역 기술인 것 같다. 번역의 정확도가 매우 높아졌다. 다만 일본의 경우 정부가 주도하여 기술, 법률, 건설 등 모든 전문 용어 사전을 미리 구글에 제공해 주어 구글이 그 모든 용어들을 적용하여 번역기를 업그레이드한 반면, 우리 한글의 경우는 정부가 지적재산권의 문제 등을 제기하며 하나도 제공하지 않아 전문용어가 많이 나오는 문서의 경우는 번역의 정확도가 매우 떨어진다.

그런 경우 할 수 없이 영어를 일단 일본어로 번역한 다음 우리 한글로 번역하는 것이 더 나은 방법이다. 어쩔 수 없는 일이다.

일본어와 우리말은 같은 한자문화권이라 전문용어들이 비슷하게 적용되기 때문이다. 그러나 일반 문장들은 번역의 품질이 매우 높다. 구글은 총 104가지의 언어를 번역해 주는데 그중에서 53가지의 언어는 예쁜 목소리로 읽어주기까지 한다. 그리고 자기가 자주 활용해야 하는 언어의 경우는 그 음성 기능을 위한 데이터를 미리 다운받아 놓아야 한다.

일단 한 번에 실행할 수 있는 번역 문장의 크기는 4,000단어까지 인데 그 번역의 속도는 매우 빠르다. 그리고 일단 서류 번역이 끝나면 아래 [그림 4-23]에 나타난 것과 같이 스피커 아이콘을 누르면 읽어 준다. 번역된 자료의 분량이 많을 경우는 읽어주는 데까지 좀 시간이 걸리므로 약간의 참을성이 요구된다.

구글 번역기는 긴 문장의 번역에는 매우 뛰어난 성능을 가지고 있다. 그리고 공유 기능이 있어 이 책에서 기능을 강조하는 토크프리에도 전송할 수 있다. 글자를 크게 보기 위해서는 전체 화면 기능을 활용할 수 있다. 구글 번역기는 오피스렌즈처럼 사진을 찍으면 바로 문자화시켜 주고 그 문자화된 것을 기초로 원하는 언어로 번역까지 마쳐 준다.

〔그림 4-23〕구글 번역 활용법 1

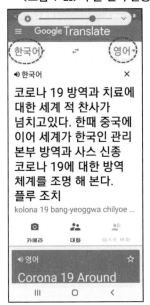

출발 언어(한국어), 도착 언어(영어)를 선택하고 문서를 복사하여 옮기면 순식간에 번역된다.

인터넷이 연결된 경우 스피커 아이콘을 누르면 번역된 언어로 읽어 준다.

도착 언어를 변경하면 즉시 선택된 언어로 번역해 준다.

〔그림 4-23〕구글 번역 활용법 2

⬇ 다운로드 받으면 오프라인 상태에서 번역이 가능한 언어
오프라인 상태에서는 번역이 안 되는 언어

역번역 기능을 이용하여 번역의 품질을 확인한다.

〔그림 4-23〕 구글 번역 활용법 3

말로 해서 번역하는 법:
마이크를 누른 다음 말을 하면 목적지 언어로 즉시 번역이 되고 목적지 언어 앞에 위치한 스피커를 누르면 읽어 준다.

〔그림 4-23〕 구글 번역 활용법 4

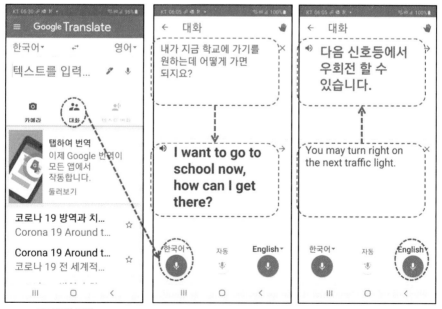

동시통역 기법:
동시통역 버튼을 누른 다음 한국어로 말하면 말이 끝나자 마자 영어로 읽어 주고, 다시 영어로 말하면 말이 끝나자 마자 한국어로 읽어 준다.

11) 사진으로 찍어서 이미지, 그림 및 도표 삽입

책자를 집필할 때는 이미지나 도표를 많이 활용하게 된다. 물론 다른 좋은 방법들이 많이 있겠지만 이 책자에서는 내가 효과적으로 활용할 수 있었던 방법들을 위주로 설명하고자 한다.

나는 책을 내기 위한 이미지나 표와 같은 것들은 마이크로소프트 파워포인트에서 주로 작업했다. 이번에 내가 책자 원고를 편집하면서도 구글 드라이브의 아이콘을 책자에 넣기 위해서 내 핸드폰에서 구글 드라이브가 위치한 화면을 스크린샷 한 후 그것을 파워포인트 슬라이드에 붙여넣기 하고 파워포인트의 '서식' 메뉴에 있는 '자르기'를 클릭하면 내가 스크린샷 한 이미지 사각의 코너마다 각이 생겨나는데 그 사각의 한 코너에 내 커서를 옮겨 놓게 되면 커서의 모양도 각 모양이 된다.

바로 그 지점에 마우스 왼쪽을 클릭한 상태에서 자신이 원하는 지점까지 끌어다 놓고 나서 다시 대각선 맞은편 코너 사각에서 같은 작업을 시행하게 되면 구글 드라이브 아이콘만 희게 남고 지운 부분은 검게 표기된다. 그런 다음 검게 표기된 지운 이미지 바깥쪽 아무 지점에서나 클릭하게 되면 구글 드라이브 아이콘만이 남게 되어 이것을 활용하게 된다.

필자는 필요한 이미지를 확보하기 위해 상기 파워포인트 활용 이외에도 oCam이라는 어플리케이션도 자주 활용하고 있다. 책자 원고를 작성하다 보면 수많은 이미지들을 활용하게 된다.

〔그림 4-24〕 검색 엔진을 통해 필요한 이미지를 가져 오는 방법

구글에서 이미지를 찾으면 위 화면을 찾을 수 있고 다음 원하는 회사의 로고를 검색하면
아래 화면이 나온다. 아래 화면에서 원하는 로고를 클릭하면 여러 가지의 로고가
나오는데 그 중 좋은 로고에서 마우스 우측 클릭하여 복사한 다음 파워포인트에 붙여넣기
한다.

〔그림 4-25〕 복사해 온 이미지 중에서 필요한 부분만 활용하는 방법

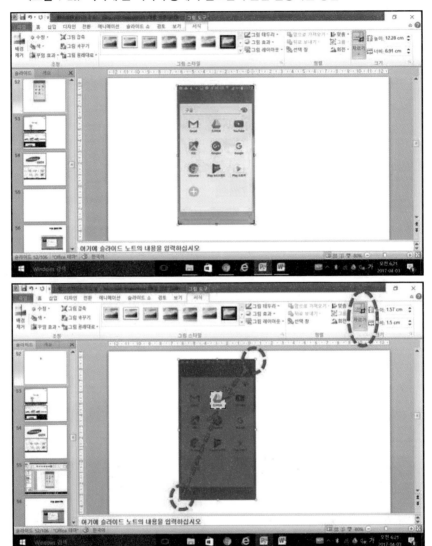

파워포인트의 이미지 일부만을 활용하고자 할 때
1. 대상 이미지를 선택한 다음 '서식' 메뉴에서 '자르기'를 클릭한 다음
2. 커서를 이미지의 우측 상단 코너에 맞춘 다음 마우스 우측 클릭하여
   원하는 크기가 될 때까지 끌어간다. 그다음 좌측 하단에서도 마찬가지
   작업을 하면 좌측에 보이는 작은 이미지를 새로 만들어낼 수 있다.

[그림 4-26]은 구글 이미지라는 어플리케이션에서 '클라우드 컴퓨팅'과 관련되는 이미지를 검색하면 나오는 이미지들을 보여준다. 이와 같은 이미지는 저작권과 관련되는 이슈가 있을 수 있으므로 책자에 낼 때는 원본 이미지를 그대로 활용하지 말고 항시 그 이미지를 활용하여 보완한 다음에 적용할 것을 추천한다.

〔그림 4-26〕 이미지 검색하는 방법

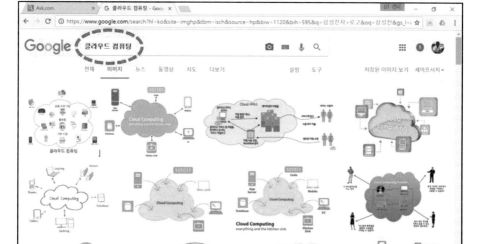

12) TV나 모니터를 보며 몇 배 효과적인 교정법

이제까지 설명된 것들을 기초로 볼 때 책·글쓰기와 관련하여 핸드폰으로 PC에서는 전혀 활용할 수 없는 수많은 기능들을 더 효과적으로 활용할 수 있는데 아직은 약간의 불편함도 있다. 액정 화면의 크기와 문자를 입력할 필요가 있을 때 활용하게 되는 자판의 크기가 작다는 것이다.

물론 자판 크기의 문제는 요즈음 양손의 엄지손가락이 보이지 않을 정도로 빠르게 입력하고 있는 Y세대(1980년 초에서 2000년대 초 태어난 디지털 네이티브 세대)들에게는 그리 불편한 점이 아니지만 말이다. 그런데 이 점 역시 핸드폰에는 훨씬 더 효과가 높은 기능을 사용할 수 있도록 조치되어 있다.

바로 핸드폰의 화면을 미러링하여 TV, 모니터나 빔프로젝터로 볼 수 있는 기능이다. 앞에서도 이미 설명했듯이 우리가 책을 읽는 것보다는 귀로 듣는 것의 효과가 더 좋고, 듣기만 하는 것보다는 읽으면서 듣는 것의 효과가 훨씬 더 좋다.

나는 300여 쪽의 책을 정독하는 것보다 잘 구성된 30분짜리 동영상을 보면서 듣는 것의 효과가 더 좋다는 논문을 읽은 적이 있다. 300여 쪽의 책을 정독하려면 최소한 5시간가량은 걸린다. 따라서 들으면서 읽는 것의 효과는 최소한 10배 이상이 된다는 말이다.

더구나 TV의 화면이 일반적으로 PC에서 사용하고 있는 모니터 화면의 크기보다 훨씬 크기 때문에 그 효과나 편안함이 얼마나 차이가 나는지는 실제로 경험해 보라.

스마트 TV를 가지고 있는 사람들은 핸드폰의 화면을 스마트 TV로 바로 미러링Mirroring하여 볼 수 있다. 물론 PC의 모니터에도 연결하여 미러링해서 볼 수 있다.

요즈음 핸드폰에는 손가락으로 화면 상단으로부터 아래로 밀어 내리면 와이파이 켜기, 핸드폰 소리 조정, 현재 위치 설정, 블루투스 켜기 등의 아이콘들이 나타난다. 그중에는 Smart View 기능이 있다. 스마트 TV에서 Smart View 기능을 열어 놓은 다음 핸드폰의 Smart View 기능을 켜면 조금만 기다리면 핸드폰의 화면이 TV에 나타나게 된다. 그러면 핸드폰에서 자신이 조작하는 대로 핸드폰의 화면을 TV에서 시청할 수 있게 된다.

그런데 혹시나 자기가 보유하고 있는 TV가 스마트 TV가 아니라도 걱정할 필요 없다. 혹시 TV의 뒷면에서 HDMI 단자가 있는지를 찾아보라. 인터넷 TV나 케이블 TV를 구독하고 있는 사람들이라면 일반적으로 그 TV에 이 단자가 하나 더 있다.

만일 TV 뒷면에 HDMI 단자가 있다면 '무선 MHL 동글'이라고 부르는 부품을 사서 그 HDMI 단자에 꽂으면 스마트 TV와 같은 기능을 그대로 활용할 수 있다.

나는 이 기능을 위해 인터넷 쇼핑몰을 통해 'COMS 핸드폰 무선

MHL 동글(ST045)'을 구매해서 잘 사용하고 있다. 인터넷을 통해 3만 원 정도 주면 살 수 있다.

단지 스마트 TV가 없어 이런 동글을 사용하게 되면 동영상과 같이 데이터양이 큰 것들을 미러링할 때는 아주 간혹 끊어짐 현상이 나오는 단점은 있다. 그러나 일반 문서와 같은 것은 10m까지의 거리 내에서 가동할 때는 문제없다.

통상 스마트 TV는 일반 TV에 비해 훨씬 비싼데 굳이 이 기능을 활용하기 위해서 별도로 비싼 새 스마트 TV를 살 필요가 없다는 말이다. 요즈음 핸드폰에서는 인터넷 TV나 케이블 TV에 비교도 안 되는 정도의 다양한 동영상들을 서비스하고 있다. 특히 유튜브나 테드, 각종 영화들은 모두 이와 같은 방법으로 TV로 시청할 수 있다.

이 동글은 내가 해외여행을 할 때 필수 준비물 중의 하나이다. 해외의 숙박지에서도 핸드폰에서 볼 수 있는 영상을 숙박지에서의 TV로 볼 수 있다는 즐거움이 그 여행의 즐거움을 배가시킬 수 있기 때문이다. 나는 그날 핸드폰으로 찍은 동영상이나 사진도 모두 TV에 미러링Mirroring해서 바로 본다. 한국에서의 뉴스도 바로 연결해서 본다. 내가 보고 싶은 연속극도 바로 본다.

여러분은 앞으로는 정말 언제, 어디서나 핸드폰으로 내가 수집한 자료를 읽고 들을 수 있다는 것을 알게 되었을 것이다. 이제 '책·글쓰기에 관한 한 스마트 시대에 접어들었구나.' 하는 것을 이해하게 되었다.

　나는 실제 최근에 이와 같은 방식으로 왕초보가 지난 3년 동안에 책 9권 (1,000쪽가량의 영어 번역본 포함)의 원고를 탈고했다. 아직까지 책을 여러 권 냈던 저자들 중에서도 이런 경험을 가지고 있는 저자는 많이 없을 것이다.

　왕초보들도 이제는 이 책자에 소개된 방식을 잘 활용하고 생활화하면 단기간 내에 자신이 쓰고자 하는 책이나 글을 쓸 수 있다.

"나는 글재주가 없어"

"더구나 책을 쓴다는 건 언감생심이지"

"이제 나이가 들어 할 수 있는 게 아무것도 없어……."

직장을 퇴직한 시니어들의 하소연이다. 주위를 봐도 60이 넘은 세대들은 7~80%가 하는 일이 없이 그저 하루하루를 소일하는 사람들이 대부분이다. 그런 가운데 남달리 바쁘게 살아가는 사람들도 의외로 많이 있다. 바로 액티브 시니어들이다. 그동안 살아온 인생경험과 전문성을 살려 왕성한 에너지로 책을 쓰고 글을 쓴다면 얼마나 좋겠는가?

이러한 목적을 위해 15년 전에 시작한 것이 '책과 글쓰기 대학'이다. 5년 전까지는 전문 수필가를 모시고 수필쓰기 중심으로 '에세이 클럽'이라는 이름으로 운영했다. 필자가 회장을 맡으면서 회원들의 실무경험이나 살아온 인생경험을 책으로 내고자 하는 니즈를 충족시키기 위해 책과 글쓰기를 병행하여 운영하고 있다.

책쓰기를 원하는 사람들이 많다보니 현재 밴드 회원은 불과 일 년 만에 30명에서 400여명이나 되는데 계속 늘어가고 있다. 책과 글을 쓰는 데는 전문성을 키우는 것도 중요하지만 지속적으로 이를 계속하는 습관을 갖는 것이 무엇보다 중요하다. 이를 위해 오프라인에서 매월 두 번째 화요일로 정해 월례모임을 갖고 있다. 현재 밴드에 가입한 회원중 70여명이 연회비(30만원)을 내고 모임을 갖고 있다. 수업은 교대역 근처 자동차회관에서 하고 있는데 인근 식당에서 저녁 식사 후 7:00~9:00까지로 종료시간을 준수하고 있다.

월례회 모임은 1,2부로 진행된다. 1부는 책을 많이 낸 전문 작가 선생님을 모시고 한시간 특강을 하고, 2부는 회원들이 써온 글을 작가 선생님의 지도로 하나하나 교정을 해주는 방식으로 운영한다.

책을 한번도 써보지 않은 왕초보 회원들에게 책쓰기에 대한 기본은 물론, 책쓰기를 위한 기획서 작성부터 전체 프로세스를 알려주고 출판사까지 연계해주어 회원들이 Out-put이 조기에 나오도록 유도하고 있다. 지금은 한달에 2~3명이 출간을 하고 있어서 간단한 축하 파티도 해주고 있다. 그동안 회원들이 쓴 글들을 모아 두차례 문집을 발간하기도 했다.

책·글쓰기 대학은 단지 글쓰기 공부에 그치지 않고 책쓰기에 대한 특강과 문학기행도 하고 있다. 문학기행은 일 년에 한두 번하고 있는데 그동안 풀꽃으로 유명한 나태주 문학관, 김유정문학관, 김영랑 문학관등을 다녀왔고 중국 길림성에 있는 용정의 윤동주 문학관을 다녀왔다.

Lorem Ipsum

Pellentesque habitant morbi
tristique senectus et netus et
malesuada fames ac turpis
·gestas.

제5장

핸드폰 책쓰기 코칭과
출판 프로세스

Step 1.
책 기획하기 & 출판 기획서 쓰기

독자가 감동받는 소재의 비밀

초보 작가들은 대개 착각 속에 산다. 자신이 쓴 책은 많은 사람이 읽어 줄 거라고 말이다. 특히 자신의 신변잡기와 단상을 기록한 잡글들을 모아 에세이집으로 출간하면 단박에 베스트셀러가 될 거라고 생각하는 사람들이 많다.

세상에 이토록 근거 없는 낙관이 또 있을까?

거듭 말하지만 독자들은 신변잡기 에세이에 지갑을 열지 않는다.

좋은 책은 콘셉트가 좋다. 콘셉트란 아이디어가 구체화된 것인데 즉흥적으로 떠오르는 생각이 아이디어라면, 그 아이디어를 정교하게 다듬고 숙성시킨 결과물이 콘셉트이다. 쉽게 말하면, 아이디어는 창의적 산물이며 콘셉트는 노력의 결과인 것이다.

그렇다면 아이디어와 콘셉트는 어떻게 다를까?

가령 여러분 중에 한 사람이 발레리나 이야기를 쓰고 싶다는 생각을 한다.

이때 발레리나 이야기를 쓰겠다는 생각은 콘셉트가 아니라 한낱 아이디어일 뿐이다. 하지만 이 아이디어에 뭔가 발전된 생각을 덧붙이고, 독자들의 시선을 끌어 모을 장치를 만들어 낸다면, 그때 아이디어가 콘셉트로 발전하게 되는 것이다.

이를테면 발레리나의 꿈을 지닌 소녀가 교통사고를 당해서 한쪽 다리를 잃었는데 그 소녀는 발레리나의 꿈을 접지 못하고 불굴의 의지와 처절한 노력 끝에 발레리나의 꿈을 이루는 이야기라면 아이디어가 콘셉트로 발전하는 데 성공한 것이다.

출판요소 분석하기

책을 쓸 때는 출판이라는 사업의 제반 요소를 분석하는 작업이 필요하다. 책이란 작가가 원고를 완성했다고 곧바로 책이 되어 나오는 것이 아니기 때문이다.

작가는 자신이 쓰려는 분야의 유사도서와 현재의 출판 동향, 타깃으로 삼은 독자, 그리고 자신의 경쟁력을 다방면으로 분석해보는 작업이 필요하다. 그런 분석작업 없이 책을 써서 성공하는 작가는 정말 행운아일 것이다.

• 경쟁 도서 분석

좋은 콘셉트를 만들려면 쓰려는 분야의 책 중에 벤치마킹할 만한 책을 찾아내어 분석해야 한다. 그런 다음 자신이 쓸 책의 차별성을 어떻게 부각시킬 것인지를 연구해야 한다.

가령 증권가 애널리스트에 대한 책을 준비하고 있다면 다른 애널

리스트들이 쓴 책을 읽어보고 연구 분석해야 한다. 그래야 그 사람이 쓴 책의 내용과 중복되는 것을 피해 갈 수도 있고, 차별화해서 색다른 시각으로 표현할 수 있지 않을까?

경락마사지에 대한 책을 쓴다고 할 때도 마찬가지이다. 시중에 나와 있는 경락마사지 책은 몇 종 되지 않으니까 다 사서 읽어보는 거다. 그러고 나면 다른 사람들이 이야기하지 않은 중요한 부분이 발견되기도 하고, 나만이 가진 특장점이 확 다가오기도 할 것이다. 그러면 그것부터 쓰기 시작하면 된다.

• 트렌드 분석

책 내용이 아무리 좋아도 타이밍이 좋지 않으면 실패하기 십상이다. 콘셉트를 잡을 때는 쓰려는 분야의 출판 동향을 조사하고 연구하는 등 시장분석을 해야 한다. 베스트셀러의 3대 조건 중에서 타이밍이 가장 중요하다. 대표적인 예가 200만 권이나 팔린 김난도 교수의 『아프니까 청춘이다』이다. 그 책이 지금 출간되었다면 밀리언셀러까지는 되지 못했을 것이다. 당시는 힐링이라는 트렌드가 한창 뜰 때였고, 대한민국 청춘들이 맞닥뜨린 문제에 공감을 얻어내는 멘토링을 제때에 던져주었기에 가능한 일이었다.

그런데 그 시기의 트렌드를 분석하는 데는 작가 개인의 힘보다는 출판사나 출판 기획사의 도움을 받는 것이 좋다. 그곳은 출판업으로 밥을 먹고 있는 전문가 집단이기 때문에 많은 정보와 체험이 쌓여 있는 곳이다. 작가 혼자서 책상 앞에 앉아 끙끙거리고 있는 것보다 그들과 만나서 대화를 나누다 보면 자신이 써나가야 할 책의 방향이 올바르게 잡혀질 것이다.

단, 출판사나 출판 기획사를 선택할 때 신중해야 할 문제가 남아 있기는 하지만. 이 점에 대해서는 〈출판 프로세서〉에 관해서 설명 드리면서 개인적으로 알맞은 곳을 알려드리겠다.

• 타깃 독자 분석

독자는 쉽게 이야기해서 작가의 고객이다. 얼굴을 알 수 없고 이름도 알 수 없지만, 내 심장을 도려내서 쓴 듯한 책을 두 눈을 밝혀 들고 들여다보고 읽게 될 독자가 당신의 고객이다.

그 독자가 누가 될 것인지 명확하게 알 수는 없지만, 대략의 타깃 독자를 선정해서 책을 쓰고 디자인해 내야 실패할 확률이 떨어진다. 대한민국 5천만 전체를 대상으로 해서는 안 된다. 독자를 세분하게 되면 책의 구성은 물론 표현 방식이나 어투까지도 완전하게 달라지게 마련이다.

타깃 고객을 설정한 후 그들이 무엇을 알고 싶어 하는지, 무엇 때문에 힘들어하는지를 파악해야 그것에 대응하는 글을 쓸 수가 있다. 만약 당신이 독자의 어려운 점을 해결해주기 위한 책을 쓰고자 한다면 어떤 차별적 가치를 제공할 것인가에 관해 고민해야 한다.

• 자신의 경쟁력 분석

자신이 책을 쓸 수 있는 지식과 경험을 충분히 갖고 있는지를 스스로에게 물어보아야 한다. 가슴에 손을 얹고 내가 쓰고자 하는 책을 독자가 사 들고 가서 읽었을 때 그에게 무엇인가 하나라도 플러스가 되는 요인을 줄 수 있는가?

아무리 주제가 좋고 콘셉트가 훌륭하다 해도 그런 자신감이 없으면 책을 쓰면 안 된다. 이것은 쓰고자 하는 책의 정보를 이야기하는 것이 아니다. 쓸거리에 대해 완벽하게 알고 책을 쓰는 사람은 많지 않다. 작가는 책을 쓰면서 많이 배운다. 거듭 말하지만, 책을 쓰는 작가는 자신의 강점이 무엇인지를 파악해야 한다는 것이다.

집필 계획서를 만들어라

머릿속에 있는 것은 아무 소용이 없다. 주제를 정하고 책의 형식을 정했으면 무조건 글을 써야 한다. 『뼛속까지 내려가서 써라』를 쓴 나탈리 골드버그는 "글쓰기는 글쓰기를 통해서만 배울 수 있다. 바깥에서는 어떤 배움의 길도 없다."고 말했다. 그래서 동서고금의 많은 작가들이 밤을 하얗게 새우면서 책상 앞에 앉아서 고통스럽게 글을 쓴 것이다.

나는 가끔 글을 쓰는 작업을 등산에 비유한다. 높은 산에 올라갈 때 숨이 차고 다리가 후들거리면 무엇 때문에 이런 고생을 사서 하는가 싶을 때가 있다. 올라갔다 그냥 내려와야만 하는데…….

그런데 막상 산의 정상에 오르면 모든 회의와 번뇌는 사라지고 가

습이 탁 트이는 상쾌함과 희열을 느끼게 된다. 그것은 정상을 밟아 본 자들만이 느끼는 희열일 것이다.

글을 쓰고 책을 만드는 일도 그와 같다는 생각이다. 아무리 핸드폰으로 쉽게 책을 쓰는 시대가 되었다 해도 몇 달 동안 신경을 쓰고 집중을 하지 않으면 책을 완성할 수 없다. 어쨌거나 한 권의 책을 쓴다는 것은 지난한 작업이다. 그래서 책쓰기를 산고의 고통에 비유하기도 한다. 그러다가 드디어 책이 나오고 처음 책을 받아든 순간 느끼는 그 희열은 아무도 모를 것이다.

내가 아는 어느 초보 작가는 책을 받아든 순간 화장실로 마구 달려갔다. 그는 감격의 격정을 이기지 못하고 책을 가슴에 끌어안고 화장실에서 울음을 터트리고 만 것이다. 1년 가까이 모든 일을 작파하고 힘들게 만들어낸 그 책이 자신의 분신이자 자식처럼 여겨진 때문이란다.

그런데 여러분!

당신은 지금 구체적인 집필 계획서를 가지고 있는가?

아마 없을 것이다. 처음 책을 쓰는 사람은 대부분 막연하게 그냥 생각나는 대로 끄적거리기 시작한다. 그 끄적거림이 모이고 쌓이면 책이 될 것이란 어렴풋한 생각을 하고 있을 뿐이다. 그래가지고는 고산준령을 넘을 수 없다. 그래가지고는 온전한 집을 지을 수 없다.

프로 작가로 등극하기 위해서는 구체적인 집필 계획서가 필요하다. 집을 지을 때 설계도가 필요한 것과 같다.

여러분이 프로 작가가 되기 위해서는 구체적인 집필 계획서를 만들 수 있어야 한다. 구체적인 집필 계획서가 있다면 1년 걸릴 작업을 6개월로 줄일 수 있다. 이 집필 계획서에는 반드시 집필 기간이 명시되어 있어야 한다.

그렇다면 집필 계획서를 어떻게 짤 것이며 집필 기간을 어떻게 정할 것인가? 그것을 실천하기 위해서는 여러분이 그동안 일반 독자로서 책에 대해서 가지고 있던 기존의 관념을 바꾸어야만 한다.

책에 대한 기본 생각을 바꿔라, 책은 상품이다

책에 대한 생각을 바꾸지 않으면 좋은 글을 쓸 수 없다. 앞에서도 이야기했지만 책은 상품이다. 앞으로 여러분에게 책은 교양을 쌓기 위해서 품위 있게 들고 다니면서 읽는 폼 나는 물건이 아니다. 박종인 기자가 쓴 『기자의 글쓰기』라는 책을 보면 이런 구절이 나온다.

> 글에 대한 생각을 바꾸지 않으면 좋은 글을 쓸 수 없다. 글은 독자를 위한 상품이다. 봉제공장에서는 인형을 생산한다. 가전공장에서는 핸드폰을 만든다. 필자는 글을 생산한다. 글은 상품이다. 상품은 판매를 위한 물건이다. 독자라는 소비자가 선택하지 않으면 글은 팔리지 않는다. 팔리지 않는 글은 상품이 아니다. 상품이 아닌 글은 글이 아니다. 글은 필자가 아니라 독자가 주인이다.

원고가 작가의 손을 떠나 책이 되어 나오는 순간 독자를 위한 상품이다. 책에 대한 평가는 독자가 하는 것이지 작가가 이러쿵저러쿵 할 수 없는 것이 되어버린다. 그런데 초보 작가 뿐만 아니라 프로 작가들까지도 책은 정신의 산물이니 영혼이 어쩌니 하고 말을 한다.

이 말은 책이 정신적 산물이 아니라고 하는 말이 아니고 유통되어야 하는 물류의 성격을 띠고 있다는 말이다. 엄연히 말해서 책은 가격표가 붙어 있는 상품이다. 출판사나 기획사는 그 작가의 작품성을 보고 그 원고를 책으로 낼 것을 결정하고, 독자는 그 책의 어떤 부분이 마음에 들어서 책을 집어 들고 들여다보고 책을 산다. 책은 팔려 나가기를 기다리는 상품이다. 독자가 그 상품을 집에 들고 들어가서 그 책을 읽으며 울고 웃고 작가의 영혼과 교류하기 전까지는 말이다. 이 점을 잘 이해해야만 작가는 글을 제대로 쓸 수 있다.

책이라는 상품의 제작 공정

책이 상품이라면 제작 공정을 이해하는 것이 필요하다.

이 제작 공정과 유통 과정을 인지해야만 작가는 출판사와 유기적으로 협조하면서 글을 쓸 수 있다.

* 상품의 아이디어

작가의 아이디어에서 출발할 수도 있고, 출판사나 출판 기획사에서 의뢰가 올 수도 있다. 초보 작가의 경우는 거의 작가의 아이디어에서 출발한다.

* 아이디어를 콘셉트로 만들기

아이디어 단계에 머문 것은 구상이 아닌 착상에 지나지 않는다. 구상 단계에 이르려면 주제와 소재를 구체화하고 콘셉트를 차별화하는 작업이 필요하다. 당신이 쓰고자 마음먹은 책의 주제를 적고 그 내용을 A4용지 한 장으로 써보자. 막연하게 머릿속에 넣고 끙끙거리는 것보다 그것을 꺼내서 들여다보고, 고치고, 다듬는 과정이 필요하다. 필요하다면 제목과 부제 그리고 메인카피도 이때 정한다.

* 자료수집

아무리 정통한 전문가라도 기억만으로 책을 만들어낼 수는 없다. 주제와 소재에 맞는 자료를 찾아서 데이터화한다. 이때 인터넷, 책, 신문, 잡지 등 모든 매체를 다 동원해도 좋다. 4장에서 소개한 구글 알리미 같은 방법을 써서 활용하면 보다 다양하고 생생한 자료를 폭넓게 얻을 수 있다.

* 상품 설계

수집한 자료를 주제에 맞게 배치하면서 책을 구성한다. 이때 목차를 짜고 머리말을 작성하는 것이 좋다. 또한 주제가 선명해졌으면 책의 형식을 결정해야 한다. 가령 같은 자기계발서라도 직설화법(일반적인 책들)으로 풀어나갈 것인지, 동화나 우화 형식(『배려』, 『경청』 같은 책들)으로 풀어나갈 것인지, 대화 형식(『미움 받을 용기』 같은 책)으로 풀어나갈 것인지 등등 여러 방식이 있다.

* 기획회의

상품 설계가 끝났으면 적당한 출판사를 찾아서 상품 제작에 관한 의견을 개진해야 한다. 물론 책을 다 완성해 놓고 출판사를 찾는 것도 나쁘지는 않지만, 덜 고생하고 보다 효율적으로 작업하기 위해서는 출판사에게 자문을 구하고 의논하는 것이 좋다. 이때 상품 설계가 출판사의 마음에 들어서 출판계약까지 들어가면 금상첨화다.

* 상품 제작

상품 제작, 즉 본격적인 글쓰기 작업에 들어간다. 책쓰기는 단편적인 글쓰기와는 차원이 다르다. 단편적 글쓰기가 단거리 달리기라면 책쓰기는 마라톤이다. 기초체력은 기본이고 반환점을 돌아서 골인할 때까지 체력 안배를 잘해야 한다. 마라톤 풀코스를 뛰는 사람이 드물 듯이 책쓰기에 끝까지 첫 책에서 완주할 수 있는 사람도 드물다.

* 감수

1차 완성된 원고인 초고에 대한 감수를 해야 한다. 처음에 의도한 대로 제품이 잘 나왔는지 출판사 편집 담당과 전문가의 품평을 받는다.

* 수정

출판사와 전문가가 제기한 문제점을 참고삼아 원고를 수정한다. 출판사 편집 담당은 그 책의 첫 독자이자 검수자이다.

* 상품 완성

출판사가 오케이를 놓으면 원고가 완성이 된다.

* 상품 사양

원고가 완성이 됐다고 끝난 것이 아니라 이제부터 또 다른 시작이다. 물론 작가가 할 역할은 별로 없는 편이지만 책의 판형 및 쪽수, 정가, 양장 여부(무선, 양장, 반양장), 인쇄 색도 등을 알아두는 것이 좋다.

* 마케팅

이 부분에서도 작가는 별로 할 일이 없다. 하지만 책 판매가 부진한 시대를 맞이해서 저자 마케팅이라는 것이 유행하고 있는데, 책 판매를 위해 저자는 어떤 노력을 할 수 있는가를 고민해봐야 한다. 특히 첫 책을 낸 작가라면 유명 인사로부터 추천사를 받아두거나 세미나, 출판기념회 등을 개최하는 등 적극적인 마케팅을 궁리해볼 만하다.

데드라인을 정하라

데드라인을 정해두면 구체적인 세부 계획이 세워진다. 첫 책을 쓰는 초보 작가는 대개 출판사와 계약이 없이 혼자 끙끙거리면서 집필 작업을 하는 경우가 많은데 데드라인을 정해두고 작업을 하지 않으면 언제 끝날지 모르는 부지하세월의 작업이 될 공산이 크다.

책을 조기에 완성하기 위해서는 출판사나 출판기획사를 찾아가서 출판계약을 맺는 것이 가장 좋은 방법이다. 출판계약을 맺게 되면 원고 마감일을 약정하게 되는데 그것이 자동적으로 데드라인이 되는 것이다.

하지만 첫 책을 쓰는 초보 작가와 출판계약을 맺으려는 출판사는 거의 없다. 대개 원고를 완성해 가지고 오라는 주문을 할 것이다. 그러니 스스로를 구속하기 위해서 데드라인을 정해야 한다.

> 기한 없는 목표는 탁상공론이다. 기한이 없으면 일을 진행시켜 주는 에너지도 발생하지 않는다. 당신의 삶을 불발탄으로 만들지 않으려면 분명한 기한을 정하라. 기한을 정하지 않는 목표는 총알 없는 총이다.

저명한 동기부여가인 브라이언 트레이시의 말이다. 총알 없는 총을 쏘지 마시라.

1	제목	* 참신하고 공감이 가는 제목
		* 잘 팔릴 것 같은 감이 오는가?
		* 시대적 트렌드를 반영하고 있는가?
		* 0.3초 만에 이해가 가능한가? (시각적 효과)
2	부제	* 제목을 보충 설명하는 역할을 하고 있는가?
		* 책을 읽으면 어떤 메리트가 있는지를 전달하는가?
		* 독자의 고민을 해결해줄 수 있는가?
		* 3초 만에 이해가 가능한가? (심리적 효과)
3	메인카피	* 책의 띠지에 적을 내용
		* 책을 돋보이게 하는가?
		* 얼마나 재미있는지, 얼마나 대단한 책인지를 강조
		* 30초 만에 이해가 가능한가? (이미지 효과)
4	책의 내용	* 저자의 체험을 바탕으로 썼는가?
		* 마지막 페이지까지 쓸 수 있는가?
		* 내용은 재미있는가?
		* 메인 테마는 하나인가?
5	저자 프로필	* 자기 만의 전문성을 강조하자.
		* SNS 운영, 수상 경력, 칼럼 기고 등을 소개하자.
		* '히어로즈 마케팅'을 따르고 있는가?
		* 저자의 인생이 독자에게 사랑받을 만한가?

6	기획 의도	* 책을 쓰고 싶은 이유 * 독자에게 바라고 싶은 점 * 이 책이 팔릴 수 있는 구체적 이유 * 이 책의 장점을 최대한 부각
7	예상 독자	* 어떤 사람이 이 책을 읽어야 하는가? * 메인 타깃과 서브 타깃은 누구인가? * 대상 독자층의 수요를 만족시켜줄 수 있는가? * 대중을 대상으로 한 책인가, 전문적인 책인가?
8	유사 경쟁도서	* 같은 제목으로 나온 책이 있는가? *유사도서와 콘셉트를 달리해야 한다 * 이 책만의 차별화된 장점을 비교한다 * 가장 잘 팔리고 있는 유사 서적은 무엇인가? (3~4권 예)
9	사양	* 책의 판형 및 쪽수 * 정가 * 양장 여부(무선, 양장, 반양장) * 인쇄 색도

10	마케팅	* 책이 잘 팔려야 출판사도 웃고, 저자도 웃을 수 있다.
		* 인터넷 서점 메인에 배너 광고를 하고 보도자료를
		  뿌리자.
		* 블로거 및 SNS 유저들에게 바이럴 마케팅
		* 저자는 유명 인사로부터 추천사를 받아두거나 세미
		  나, 출판기념회 등을 개최

-말하기로 글쓰기

앞에서 공부한 바 있지만, 이제는 내가 핸드폰에 대고 직접 말하기만 하면 그 말하는 것이 바로 문서가 된다. 이미 경험하신 분들은 알겠지만, 원고를 작성할 때에도 타이핑하는 것보다 핸드폰에서 말로 해서 문서로 작성하는 것이 더 효율적이다.

카카오톡, 네이버 메모, 삼성 메모, MS원 노트 등 많은 앱들이 그 기능을 지원한다. 그 기능도 엇비슷하다. 〈핸드폰책쓰기코칭협회〉는 구글 문서를 공용으로 쓰고 있다. 그것은 문자화되는 기능뿐만 아니라 자료 편집, 문서 공유와 원고 수정 등에서 탁월한 기능을 발휘하기 때문이다.

일찍이 니체나 루소 같은 철학자는 메모지와 펜을 들고 걸어 다니며 글을 썼다. 사람은 걸어 다닐 때 생각이 많고, 아이디어가 샘솟는다고 한다. 그런데 핸드폰은 걸어 다니면서 작업하기에 딱 좋은 환경을 제공하고 있지 않은가.

종이도 펜도 필요가 없다. 우리는 스마트폰을 손에 들고 하루 종일 돌아다니며 생각을 하고 아이디어를 떠올리고 그 생각을 중얼중얼 늘어놓으면 된다. 앞에서 배운 것처럼 그렇게 중얼거린 말들은 문자화되고 노트북이나 PC에서 큰 화면으로 작업을 할 수 있다. 온종일 돌아다니며 작업한 것을 저녁에 집에 돌아와서 큰 화면으로 편하게 수정하고 교정을 볼 수 있으니 얼마나 작업하기가 편한 세상인가!

그런데 말하기로 글을 쓰는 작업을 보다 정교하게 할 수 있는 방법이 있다. 스마트폰이나 노트북에는 이미 마이크가 장착되어 있지만 PC에도 마이크를 장착해서 입력하는 것이다. 비용이 많이 들지 않는다. 4만 원 정도의 마이크를 PC에 장착하여 사용하면 구글 문서에서는 퍼팩트한 작업을 수행할 수 있다.

말로 문자화하는 정확도는 사용자가 연습만 하면 최소한 95% 이상이다. 띄어쓰기도 거의 정확하다. 우리가 해야 하는 일은 문자 부호나 특수문자를 달아주는 것뿐이다.

얼마 전 가까이 지내는 어느 작가에게 말하기로 글쓰기에 대해서 말했더니 신통찮은 반응을 보였다. 내가 직접 그의 앞자리로 가서 시연을 해 보여주었더니 눈이 휘둥그레졌다. 그 이후 그는 말하기로 책쓰기에 빠져서 마니아가 되었음은 물론이다.

Step 2.
가장 중요한 것은 제목,
그리고 목차 짜기와 머리말 쓰기

베스트셀러처럼 끌리는 제목 만들기

"제목 짓기가 제일 어려워요."

책을 쓰는 예비 저자들이 가장 많이 하는 말이다.

베스트셀러처럼 멋진 제목을 짓고 싶은데 생각처럼 쉽게 떠오르지 않는다.

'제목'은 말 그대로 콘셉트를 매력적인 한 줄의 문장으로 만든 것

책의 콘셉트가 확실하게 정해졌을 때 책 전체의 콘셉트를 고스란히 담고 있는 제목과 부제가 탄생하는 경우가 많다. 제목의 중요성은 몇 번을 강조해도 지나치지 않다. 그렇다면 베스트셀러처럼 끌리는 제목을 만들기 위해서는 어떻게 해야 할까?

첫째, 책의 콘셉트와 내용을 늘 머릿속으로 생각할 것

좋은 제목은 책상머리에서보다 의외로 불현듯 떠오르는 아이디어를 캐치해 탄생하는 경우가 많다. 시간과 장소를 가리지 않고 책을 볼 때, 신문을 볼 때, 드라마를 볼 때, 운전 중 신호를 기다릴 때, 걸어갈 때, 심지어 화장실에 앉아 몽상을 할 때조차도 내 책에 어울리

는 제목이 무엇인지 생각하고 또 생각해야 의외의 수확을 얻을 수 있다.

둘째, 베스트셀러 제목과 내가 쓰는 책의 장르를 살펴볼 것.

좋은 제목이란 결국 독자들로 하여금 궁금증을 유발하고 독자들의 욕구, 즉 니즈를 건드리는 것이어야 한다.

에세이의 경우 확실한 솔루션을 제시하기보다는 공감형 제목들이 독자들의 호기심을 자극하는 경우가 많고, 자기계발서의 경우 에세이 제목보다는 좀 더 분명하고 확실한 목적과 방향성을 가지는 경우가 많다.

예를 들면 『멈추면 비로소 보이는 것들』, 『나는 아직 어른이 되려면 멀었다』, 『나는 죽을 때까지 재미있게 살고 싶다』 등의 에세이의 문장형 제목들은 독자들에게 확실한 솔루션을 제시하고 있지는 않지만, 독자들이 일상생활에서 충분히 생각할 수 있는 것들을 제목으로 만들어 독자들의 공감을 불러일으킨다.

반면 자기계발서의 경우 『습관의 힘』, 『아웃라이어』, 『정의란 무엇인가』, 『리딩으로 리드하라』, 『적을 만들지 않는 대화법』처럼 콘텐츠를 함축적인 한 줄로 표현하거나, 『나는 왜 이 일을 하는가』, 『어떻게 원하는 것을 얻는가』처럼 문장형으로 만들어 책 제목을 본 독자들로 하여금 자문자답하게 만들어 책을 구매할 수 있도록 유도한다.

이렇듯 내가 어떤 장르의 책을 쓸 건지 고민해 보고, 베스트셀러의 유형별 특징을 파악하여 독자들에게 어떻게 접근하는 것이 좋은지 고민해 볼 때 좋은 제목을 만들 수 있다.

셋째, 기존 베스트셀러 제목과 내 책의 콘셉트를 융합해 볼 것.

내가 만약 창의성에 대한 책을 준비하고 있다면, 베스트셀러 『습관의 힘』을 바꿔 '크리에이티브력(力)', '창의성의 힘'으로 따라 해보기도 하고, 『나는 죽을 때까지 재미있게 살고 싶다』의 문장형 제목을 응용하여 '나도 창의적인 사람이고 싶다' 등으로 설정해 내 책의 콘셉트와 딱 맞는 제목을 찾을 수 있도록 노력해야 한다.

이렇게 내 눈에 보이고 들리는 모든 것들을 제목과 연관 지어 생각하다 보면 독자들의 시선을 단번에 사로잡는 매력적인 제목이 탄생할 수 있다는 것을 기억하길 바란다.

넷째, 콘셉트 핵심 단어를 최대한 활용할 것.

소설가 이외수는 '글쓰기를 잘하려면 기본이 되는 단어부터 챙겨야 한다'고 강조했다. 이외수 씨의 말처럼 단어는 문장을 구성하는 기본이며, 어려운 단어가 아닌 쉬운 단어로 구성된 독특한 느낌을 주는 문장이야말로 제목으로 적합하다 할 수 있다.

예를 들어 『책은 도끼다』, 『아프니까 청춘이다』, 『리딩으로 리드하라』 등은 각 '책', '청춘', '리딩'을 '도끼', '아픔', '리드'라는 흔한 단어와 조합하여 새로운 느낌을 만들어냈다.

끌리는 문장으로 구성된 제목을 만들기 위해서는 일단 내 책의 콘셉트를 한 단어로 표현할 수 있는 핵심 단어를 뽑고, 그것을 여러 단어와 조합해 문장으로 만드는 연습해 보는 것이 중요하다.

처음엔 감도 잡히지 않고 어떤 단어를 조합해야 할지 고민이 되겠지만, 여러 번 반복하다 보면 내 책의 핵심 단어와 그와 어울리는 것들이 무엇일지 조금씩 감이 잡힐 것이다.

무작정 제목을 머릿속에서 쥐어짜려고 하기보다, 위에 언급한 방법으로 차근차근 제목 짓기를 실행해 본다면 좋은 제목이라는 결과를 얻을 수 있을 것이다.

글쓰기 실력보다 목차를 어떻게 구성하느냐가 더 중요

자, 이제부터 책을 쓰는 진짜 테크닉, 알짜 테크닉을 배우는 시간이다. 집을 지을 때 가장 먼저 필요한 것이 설계도라고 했다. 책에 있어서 설계도는 목차라고 했다. 이제부터 그 설계도를 그리는 방법을 알아보자.

책 읽기의 달인들은 서점에 가서 아무 책이나 펼쳐 들지 않는다. 그들은 책의 제목이나 디자인에 현혹되지 않는다. 프로 독자는 우선 목차와 머리말부터 본다. 저의 지인 한 분은 서점에 가서 마음에 드는 책이 있으면 아주 오랜 시간, 그러니까 10분이나 15분 정도 목차만 뚫어지게 들여다본다. 그 집의 설계도를 들여다보면서 그 집의 모양새를 상상해 보는 것이다. 그 설계도가 마음에 들면 머리말을 읽는다.

머리말은 그 집으로 초대하는 안내장과 같아서 그 집의 초대에 응할지 말지를 결정하는 주요 원인이기도 하다. 책을 제대로 아는 독자는 목차와 머리말만 보아도 그 책의 절반을 읽을 수 있다. 잘 만들어진 책이나 베스트셀러는 목차만 보고도 책의 내용을 가늠할 수 있다는 이야기다.

처음 책쓰기를 하는 여러분은 쓰고자 하는 책의 콘셉트(주제)를 정한 후에는 목차와 머리말에 심혈을 기울여야 한다. 잘 짜여진 목차는 책의 전반적인 내용을 한눈에 파악할 수 있다. 설계도가 정교하면 튼튼한 집이 지어지듯이 목차가 정교하면 책이 단단해진다.

그래서 책을 쓸 때는 글쓰기 실력보다 목차를 어떻게 구성하느냐가 더 중요하다는 말을 하는 사람도 있다. 전문작가들도 어려워하는 것이 바로 목차를 짜는 일이다.

앞에서도 말했지만, 나의 경우 책을 쓸 때 목차가 잘 짜여 지지 않고 제대로 된 머리말이 써지지 않으면 그 어떤 책도 진행을 하지 않는다. 목차가 탄탄하고 짜임새 있으면 명쾌하고 호소력 있는 책이 나올 확률이 높다.

목차는 글의 구성이자 흐름도다

목차는 설계도이면서 스토리보드와 같다. 스토리보드가 물 흐르

듯이 짜여져 있으면 글쓰기가 한결 수월해진다는 사실을 명심하자. 목차짜기는 글의 얼개짜기와 맥락을 같이한다고 보아도 좋다. 대부분의 책쓰기 강의가 간과하고 있는 사실인데, 목차짜기나 글의 얼개짜기, 문단 구성법은 같은 맥락에서 이루어지는 같은 결의 작업이다.

예컨대 일반적인 논문의 경우 서론-본론-결론 (머리말-몸말-맺음말)의 3단 구성으로 이루어지는데, 책의 경우도 3단 구성을 차용하는 경우가 많다.

책의 경우도 논문에서처럼 도입부-전개부-결말부의 구성을 가져야 하니까 이것은 자연스러운 현상이다. 4단 구성의 경우도 마찬가지다. 우리가 흔히 기-승-전-결 (起承轉結)이라고 부르는 4단 구성은 문제제기起-전개承-전환轉-결론結을 도출하는 구성이다.

이것은 원래 한시漢詩의 작법으로 발달해온 것을 이야기를 구성하는 방법으로 차용해서 널리 쓰이고 있다. 자세히 살펴보면 소설에서 흔히 사용하고 있는 5단 구조도 책의 목차를 짜는데 아주 유용하게 쓰이고 있다.

발단-발전-위기-절정-결말을 소설 구성의 5단계라고 하는데 스토리텔링을 필요로 하는 많은 책들이 5단 구성을 차용하고 있다. 이런 책들의 경우 스토리 구성과 책의 구성은 같은 뼈대를 지니고 있다.

이제부터 목차짜기를 배우면서 글의 3단 구성, 4단 구성, 5단 구성까지 연결해서 배우도록 하자.

핵심을 쉽게 전하는 3단 구조

할리우드 영화는 거의 모두 3막 구조Three-act structure를 가지고 있다는 사실을 아는가? 3막 구조란 이야기를 꺼낸 후, 본격적으로 내용이 나오고 결말을 짓는 도입 - 전개 - 결말의 구조이다. 1막은 설정 단계이고, 2막은 전개 단계, 3막은 해결 단계의 스토리텔링 공식인 셈이다.

"모든 이야기는 발단, 전개, 결말을 지녀야 한다."

일찍이 아리스토텔레스가 〈시학詩學〉에 명시해 놓은 공식인데 할리우드만큼 이 금쪽같은 룰을 따르는 곳도 별로 없다. 〈매트릭스〉, 〈아바타〉, 〈펄프 픽션〉, 〈토이 스토리〉, 〈러브 액츄얼리〉…… 우리나라 영화의 경우도 마찬가지이다. 1000만 관객을 넘어선 〈괴물〉, 〈해운대〉, 〈왕의 남자〉…… 모두가 3막 구조이다.

할리우드 스토리는 끊임없이 터지는 사건들의 연속이지만 자세히 들여다보면 처음, 중간, 끝이라는 3개의 파트가 연속적으로 이어지는 구성이다.

할리우드 영화는 대부분 영화가 시작되고 주인공이 나타나면서 주인공의 삶을 흔들어 놓는 도발적인 사건inciting incident이 터진다. 주인공은 그 사건으로 인해 곤란에 빠진다. 돌이킬 수 없는 상황에 빠진 주인공은 문제를 해결하려고 하는데 그 목표를 방해하는 장애물이 나타난다. 1막의 전환점이다.

영화는 2막으로 주인공의 행동이 본격화된다. 하지만 일은 풀리기보다 점점 더 꼬이게 된다. 주인공은 목표를 수정하거나 새로운 목표를 설정한다. 두 번째 전환점이다. 여기서도 주인공은 커다란 위기를 맞게 된다. 여기서도 주인공은 포기할 수 없어서 최후의 결단을 하게 되고 스토리는 마지막 단계로 달려간다. 스토리는 절정으로 치닫고 모든 것이 해결되면서 영화는 끝이 난다.

3막 구조는 영화뿐만 아니라 신화, 동화, 만화 속에서 존재하고 심지어는 다큐멘터리, TV 뉴스, 신문기사에도 찾을 수 있다. 우리네 삶 자체가 태어나서 살다가 죽는 3막 구조 그 자체 아닐까?

*3단 구성: 서론 · 본론 · 결론

  서론: 글의 목적과 주제, 문제점을 제시한다.

  -독자의 마음을 겨냥하라.

  본론: 서론에서 제시한 것을 자세히 서술한다.

  -독자의 마음을 향해 다가가라.

  결론: 본론에서 제시한 판단이나 해결법 등을 정리한다.

  -독자의 마음을 얻어라.

논리를 강화하는 4단 구조

4단 구성은 흔히 기승전결起承轉結로 불리는 논리 구조를 지니고 있다.

기起: 하나의 사실, 목적을 제시한 후 글을 시작한다.

승承: 기의 내용을 받아 이야기를 펼쳐 나간다.

전轉: 다른 분야로 이야기를 돌려 더욱 발전시킨다.

결結: 내용을 요약하고 결론을 제시한다.

발단 → 갈등 → 정점 → 결말의 예로써 문학작품에 흔히 보이는 구성법인데 다음 이야기를 살펴보자.

〈발단〉

프랑스의 한 임금님은 나라가 너무 썩어 이대로 두었다가는 나라가 망할 것이라고 생각했다.

임금님은 전국에다 방을 붙이게 했다.

"이제부터 부정한 행위를 한 사람은 지위 고하를 막론하고 눈알을 뽑겠음."

〈갈등〉

그런데 공교롭게도 왕자가 그 법을 어겼다. 국민들은 뒤에서 수군거렸다.

"설마 자기 아들인데 그냥 모르는 척하겠지."

"그래도 방까지 붙였는데……"

임금님은 왕자를 잡아오게 하여 묶어놓고 형리들에게 눈을 뽑으라고 호령을 했지만 모두 부들부들 떨고만 있었다.

임금님은 시뻘겋게 달군 쇠꼬챙이를 들어 형리 앞으로 가 추상같은 호령을 했다.

"내 명령을 어기면 네 눈을 뽑아 버리겠노라."

형리는 임금님의 뜻을 깨닫고 쇠꼬챙이로 왕자의 눈을 뽑았다. 왕자는 고통을 못 이겨 비명을 지르며 다시는 그렇게 하지 않을 테니 용서해 달라고 했다. 그것을 본 신하들은 통곡을 하고 있었다.

〈절정〉

형리가 다시 쇠꼬챙이로 다른 눈을 뽑으려고 할 때 임금님이 소리 쳤다.

"잠깐만 기다려라!"

이내 뒤에서 웅성웅성하는 소리가 들렸다.

"그러면 그렇지. 자기 아들인데 장님으로 만들 리가 있겠어?"

임금님은 형리를 향해 말했다.

"이 애를 잘못 키운 나에게도 책임이 있다. 한 눈은 내 것을 뽑아라!"

〈결말〉

그후 애꾸눈 임금님은 애꾸눈왕자와 나라를 잘 다스려 나갔다는 얘기다.

-- 이상헌 칼럼 : 〈애꾸눈 임금〉--

어떤가? 대번에 이야기의 설득력이 와 닿지 않는가?

1단락 : 발단

2단락 : 갈등

3단락 : 정점/클라이막스

4단락 : 결말

대부분의 4단 구성은 주제나 이슈에 대해 설명하는 부분이 한 단락, 긍정과 부정 혹은 찬성과 반대 의견이 각각 두 단락, 마지막 결론이 한 단락이 되는 방식으로 전개된다. 혹은 상대 의견을 반박하면서 자신의 주장을 펼칠 수도 있다.

1단락 : 이슈

2단락 : 찬성 의견

3단락 : 반대 의견

4단락 : 종합

"기승전결의 명수가 되라"

이 말은 문장을 다루는 사람들이 자주 외치는 소리이지만 책의 목차를 짜는데도 꽤나 유용하게 쓰이는 구성법이다. 전형적인 기승전결의 4단 구조를 지닌 목차짜기의 전범이라고 할 수 있다.

스토리적 설득력을 가진 5단 구조

3단 구성, 4단 구성이 좀 더 심화되고 발전한 것이 5단 구성이다. 이것은 주로 발단 → 발전 → 위기 → 절정 → 결말로 나타나는 소설 구성의 5단계 이론으로 집약이 된다.

5단 구성은 중국 산문散文의 5단계인 「기 → 승 → 포 → 서 → 결」에서 시작된 얼개짜기 기법인데 다음과 같은 구조를 가지고 있다. ,

* 〈기起〉··· 화제를 내보인다.

* 〈승承〉·一 주제를 내세운다.

* 〈포鋪〉··· 내세운 주제를 받아, 발전·전개시키는 방향을 보인다.

* 〈서敍〉(敍) ⋯ 구체적 사실 · 이론 · 증거를 들어 자세히 말하고 보충하거나 보강補强하거나 재강조해 나간다.

* 〈결結〉 ⋯ 전체를 갈무리하고 마물린다.

오소백 선생의 〈전공과 기업〉이라는 글은 5단 구성의 묘미를 보여주는 재미있는 이야기이다.

* 〈기起〉 ··· 화제를 내보인다.

일본에서 있었던 일이다. 최고 학부 도쿄대학 불문과를 으뜸으로 나온 Y라는 젊은이가 대학을 나온 뒤 곧 우동 장사의 가업을 물려받았다. 조그마한 우동집은 3대째 이어온 가업이었다.

* 〈승承〉 · ㅡ 주제를 내세운다.

동창생들은 대학 조교 강사니, 또는 외국 유학을 간다고 법석이었지만 수석으로 대학을 나온 Y는 앞치마를 두르고 우동 장사로 나섰던 것이다.

천하의 일류대학을 톱으로 나왔다는 수재가 모든 걸 다 내동댕이치고 우동 장사로 나섰다는 이야기는 우리나라 인텔리들이 들으면 거짓말이라고 조소할지도 모르겠다.

* 〈포鋪〉 ⋯ 내세운 주제를 받아, 발전 · 전개시키는 방향을 보인다.

여덟 해의 긴 세월이 흘렀다. 하루는 동기 동창회가 열리게 되었다. Y의 친구들은 모두 '문제'의 우동집으로 모여들었다. 머리에 수건을 두르고 앞치마를 걸친 Y는 능숙한 솜씨로 동창생 손님들을 맞이했다.

"일등 손님들, 어서 오십쇼. 특등실로 안내합죠."

동창생들은 껄껄 웃으며 맞장구쳤다.

"…암, 특등 손님이지. 짜식, 이젠 그럴듯하군."

"일류 요리사 솜씨 맛 좀 볼까?"

옛 동창들은 허물없이 다정한 농담을 건넸다.

Y는 소매를 걷어 붙이고 식칼을 들었다. 고명을 어루만지는 솜씨도 날렵하게……

* 〈서敍〉 … 구체적 사실·이론·증거를 들어 자세히 말하고 보충하거나 보강補强하거나 재강조해 나간다.

동창 중엔 교수급에 오른 사람이며 그밖에 감투를 쓴 사람들도 많았다.

상아탑의 옛 친구들은 학창시절의 추억과 요즘의 학계 소식으로 이야기꽃을 피웠다. Y는 학계 뉴스가 나오자 기염을 토하기 시작했다. 불문학계에 관한 말이 나오고 학술연구에 대한 심오한 좌담이 주흥과 함께 거세어졌다. 하지만 우동 장사 학자는 학술연구 문제에 관한 한 한 치도 양보하지 않았다.

* 〈결結〉 … 전체를 갈무리하고 마물린다.

Y는 우동 장사를 하면서도 자기의 전공 분야 연구에 대해선 하루도 게을리한 적이 없었다. 영업시간이 지나면 그는 2층 다다미방에서 늦도록 공부에 몰두해 온 것이다.

빵을 먹기 위한 수단으로 Y는 우동 장사를 즐겼다. 그는 빵을 구하는 방법과 연구를 엄격히 분리했다. 이상과 현실은 혼동하지도 않

앗고, 바꾸지도 않았다. 빵은 빵, 연구는 연구로 생각했다. (오소백 : 〈전공과 기업〉)

5단 구성은 스토리적 설득력이 가능한 구조를 지녔기 때문에 현대의 모든 소설이 즐겨 차용하고 있는 구성법이다. 그래서 스토리 구조를 가진 많은 책들이 목차짜기에서 5단 구성을 애용하기도 한다.

머리말은 독자에게 보내는 초대장

머리말 쓰기는 책쓰기 전체 과정의 축소판이자 독자에게 보내는 초대장이다.

이미 말했지만 독서의 달인들은 책을 고를 때 머리말부터 읽는다. 머리말을 보면 책의 콘셉트를 알 수 있기 때문이다. 머리말은 저자가 그 책에서 말하려는 주제를 독자에게 알려주는 현관문과도 같다. 영민한 독자라면 머리말만 보고도 저자가 책을 쓴 동기와 내용의 전개 방향뿐 아니라 저자의 스타일을 고스란히 알 수 있다.

머리말은 책의 첫인상이라고 할 수 있다. 우리는 첫인상이 좋지 않은 사람은 다시 만나고 싶지 않다. 마찬가지로 머리말이 밋밋하면 독자는 그 책을 읽으려 하지 않는다. 그러므로 머리말은 공을 들여 인상적으로 써야 한다. 독자의 뇌리에 확고하게 각인될 수 있도록 강렬하게 써야 한다. 그러니 압축적인 문장으로 독자의 호기심을 충동질해야 한다.

그런데 독자를 끌어당기는 머리말 쓰기란 말처럼 쉽지가 않다. 한 편의 글을 쓸 때 첫 문장 쓰기가 어렵듯이 책의 머리말도 막상 쓰려면 막막하기 그지없다. 멋진 머리말 쓰기가 오히려 첫 문장 쓰기보다 몇 배의 부담이 있는 것도 사실이다.

> 서문이야말로 내밀하고 사적인 기억까지 떠올리며 한 줄 한 줄 완성하는 부분이라 무척 조심스럽고 떨리기조차 한다. 독자에게 책을 내놓으며 내가 왜 이 글을 쓰려고 하는지 일종의 고백 같은 것이니까요.
>
> ―역사저술가 박천홍 〈악령이 출몰하던 조선의 바다〉

머리말은 본문과 유기적인 관계로 이어져야 한다. 그래서 나는 머리말을 독자에게 보내는 초대장이라고 한다. 머리말이 본문과 동떨어진 내용이라면 의미가 없다. 나는 머리말을 쓰고 나서 본문을 쓰는 편인데 집필하다 보면 머리말과 맞지 않은 글이 써질 때도 있다. 이럴 때는 본문과 머리말의 밸런스를 맞추기 위해서 머리말을 다시 검토하고 수정하거나 본문을 머리말에 맞도록 써나가곤 한다.

머리말은 그만큼 책의 핵심 메시지가 담겨 있는 부분이기 때문이다. 머리말은 짤막하고 명료한 것이 좋다. 머리말이 지나치게 길고 장황하면 독자는 본문을 읽기도 전에 지치게 된다. 책에 따라 다르지만 머리말은 3~4쪽이 적당하다. 독자가 머리말을 읽고 저자가 책을 쓴 의도를 파악할 수 있도록 쓰는 것이 중요하다.

-문서를 소리로 들으면서 교정하기

우리는 생각나는 대로 말을 하면 그대로 문서가 되는 신기한 시대에 살고 있다. 그런데 정리가 되지 않은 생각을 중얼거리다 보면 허튼소리가 문자가 되는 셈이다. 그런 글은 아무 쓸모가 없고 오히려 공해다. 그래서 나는 생각을 정리하고 다듬어서 간단한 메모를 하고 그것을 바탕으로 핸드폰 말하기로 글을 쓴다.

그러면 글의 전개가 쉽고 논리적인 글이 작성된다. 이렇게 만든 문서는 수정하기도 교정보기도 쉽다. 출판사 사람들은 내가 작성한 원고를 보고 다들 놀란다. 원고의 손을 볼 것이 거의 없다는 것이다. 거기에는 나만의 비법이 있다. 자기가 쓴 글을 들으면서 교정하는 방법이다.

전에는 내가 쓴 원고를 직접 소리내어 읽었다. 그러다 보면 발음이 잘 안 되거나 혀가 꼬이는 문장이 있다. 그런 문장은 문법에 맞지 않거나 틀린 문장이다.

그런데 요즘에는 스마트폰 덕분에 더 좋은 방법이 생겼다. 문자로 읽어 주는 앱 덕분이다. 앞에서도 소개한 토크프리라는 앱이 있다. 그 앱을 깔고 텍스트를 입력하거나 복사해서 붙이면 몇 시간이고 끊임없이 읽어준다. 소리로 원고 내용을 들으면 눈으로는 찾지 못하던 오타가 낱낱이 귀에 들린다. 토크프리는 스톱 기능도 있어서 그것을 듣다가 다른 바쁜 일이 생기면 스톱을 시켜 놓고 일이 끝난 후에 다시 듣기 시작하면 된다. 문자를 읽어주는 앱은 여러 가지가 있는데 내가 보기에 토크프리가 가장 나은 것 같다.

앞에서도 설명했듯이 스마트폰에 폴라리스 오피스를 다운받으면 PDF 파일도 읽어 준다. 아직도 PDF 파일만 고집하는 출판사의 경우도 이제 TTSText to Speech로 해결되었다. 더구나 핸드폰 TV나 모니터에 연결해서 본다면 입체적으로 눈과 귀로 체크가 되기 때문에 훨씬 더 효과가 있다. 실제로 이 방식으로 교정한 책 5권에서 아직까지 오탈자가 나왔다는 연락을 한 번도 받은 일이 없을 정도다.

Step 3.
핸드폰으로 자료 수집/관리하기

작품의 수준은 자료에서 결정된다. 자료가 80%다

이제부터 책을 쓰는 데 있어서 가장 중요한 것은 '자료'이다. 쓰는 책의 성질에 따라 다르겠지만 소설이나 에세이 같은 책이 아니라면 자료는 무척 중요하다. 자료가 차지하는 비중이 80%라고 말하는 작가들도 있다.

책쓰기를 마음먹었다면 관련 자료를 수집하는 일부터 시작해야 한다. 책을 처음 쓰고자 하는 사람들이 가장 어려움은 막상 쓰려고 하면 자료가 없다는 것이다. 특히 소설이나 문학 작품이 아니라면 책은 머리로 쓰는 게 아니라 자료로 써야 하기 때문에 자료가 없다면 책쓰기가 진전될 수 없다.

자료 수집→지료 정리→자료 활용→자료 보관→자료 재활용을 잘 해야만 좋은 글을 쓰고 책의 퀄리티를 높일 수 있다. 예컨대 역사문제를 다룬 책을 쓴다고 하자. 최대한 많은 자료를 수집하고 관련 인물들에 대한 철저한 고증을 해야 하기 때문에 자료 준비가 작품의 수준을 결정한다고 보아야 할 것이다.

『우리 문화의 수수께끼』라는 책으로 유명한 민속학자 주강현 교수는 스스로 '아키비스트'(Archivist; 기록관리전문가)를 자처한다. 그는 '자료가 공부의 반'이고 '창조는 자료에서 나온다.'는 말을 하기도 한다. 그는 자신이 관심 갖는 분야의 자료는 최대한 모은 후에 자료에서 책을 뽑아냅니다. 민속학의 성격상 자료가 생명인 셈이다.

여러분이 아무리 자신의 체험을 쓴다고 해도 자료의 중요성은 마찬가지이다.

쓰는 책의 성격에 따라 다르겠으나 어떤 책이든 자료는 필요한 법이다. 특히 실용서적은 머리가 아니라 자료로 쓴다고 했다. 앞에서 소개한 여러 가지 클라우드 기술을 활용한다면 필요한 정보 습득은 그 범위가 대폭 넓어지고, 그 자료 습득에 걸리는 시간은 생각보다 빠르다. 특히 외국어 자료나 이미지 자료를 그대로 사진으로 찍기만 하면 문자로 자료화되는 기술을 사용한다면 획기적인 수단이 된다.

자료를 쌓아만 두는 바보가 되지 마라

책 한 권을 쓰기 위해서는 실로 많은 자료가 필요하다. 누군가는 '책 한 권을 쓰기 위해서는 도서관 하나가 필요하다'라는 말을 남겼다.

얼마 전까지만 해도 작가들은 책상 앞에 꼬박 5시간 10시간을 앉아 200자 원고지 칸을 메꾸어 나가는 작업을 했다. 그래야 원고지 5~10장을 작성할 수 있었다. 또 산더미처럼 쌓인 자료는 어떤가? 도서관에서 서적이며 잡지, 신문 자료를 키핑하고 그것을 복사하거나 옮겨 적어가며 자료 수집을 했다.

그런데 우리는 어떤가. 스마트폰 하나만 손에 들고 있으면 세계 어느 곳에 자료도 취합하고 응용할 수 있다. 개인이 소장한 자료가 아니라면 거의 무한대의 자료가 널려 있다.

이제 핸드폰에서 말로 명령만 내리면 언제 어디서든 각종 검색엔진에 들어가 필요한 자료를 찾아준다. 그 자료를 즉시 복사하여 내가 저장하고자 하는 형태로 클라우드에 저장해 놓을 수 있다.

문제는 자료가 너무 많은 것이 문제일 수 있다. 자료가 많이 쌓이게 되면 필요할 때 찾지 못하는 어려움이 생겨난다. 자료가 컴퓨터 파일일 경우는 카테고리별로 폴더를 만들어서 관리해야 하고 문서로 되어 있을 때는 바인더나 크리어홀더로 정리해서 필요할 때 바로 꺼내서 사용할 수 있어야 한다. 손으로 기록한 메모는 필요할 때마다 컴퓨터 파일로 변환을 해 놓는 것이 좋다. 그런데 구글 드라이브에 무한대로 저장된 문서들은 검색창에 키워드를 말로 해주면 제목에서뿐 아니라 저장된 문서 모두의 내용을 훑어 그 키워드를 포함하고 있는 문서들을 즉시 찾아준다.

우리나라 1호 과학칼럼니스트 이인식 지식융합연구소 소장의 자료관리법을 소개한다. 과학책은 특성상 자료가 생명이다. 그런데 그는 엄청난 분량의 자료를 쌓아놓고 관리하지 않는다. 이 소장의 자료 수집·관리법은 '관계 찾기'이다. 어떤 분야의 책을 써야겠다고 아이디어가 떠오르면 널려 있는 자료들 가운데 서로 관계되는 자료를 추적해서 씨줄 날줄로 자료의 관계를 설정하면서 수집해 들어간다. 그는 말한다.

"모든 자료에는 거슬러 올라가는 뿌리가 있어요. 마지막에 최신 자료가 있을 뿐 그 뒤에는 연원과 맥락의 뿌리가 있어요. 그걸 알아내고 정리하는 게 진짜 자료 수집을 하는 거예요."

자료 수집이란 존재하는 것들의 관계를 찾는 일이고, 그것을 잘하는 이가 진정한 글쟁이라고 한다. 자료들 사이의 관계를 찾아 정보의 부가 가치를 높이는 것이 바로 이 소장이 강조하는 글쓰기의 핵심이다. 그런데 4장에서 배웠듯이 구글 검색에서 각종 필터를 활용한 검색이나 구글 알리미를 활용한 자료 검색을 사용하면 자료 수집 역시 엄청나게 쉬워졌을뿐 아니라 그 효과 역시 과거에 비해 몇 배로 증대되었다.

좋은 자료는 그 책의 내용을 보강해주는 구슬 같은 것이다. 그런데 구슬이 아무리 많아도 무엇하랴. 옛말이 틀린 것은 없다. 구슬이서 말이라도 꿰어야 한다.

곳간은 한 개가 좋다

아무리 자료 수집을 잘하고 관리를 잘해도 자료가 넘쳐나기 시작하면 관리가 잘 안 될 경우가 비일비재하다. 자료 관리의 가장 큰 적은 자료를 여기저기 분산해서 쌓아두는 것이다. 집의 컴퓨터에도 자료가 있고, 회사 컴퓨터에도 자료가 있고, 들고 다니는 노트북에도 자료가 있고… 아무리 머리가 좋고 조직적인 사람이라도 헷갈린다. 그렇다고 비서를 둘 수도 없고 고민스러울 때가 많아진다.

곳간은 한 개가 좋다. 다행히 우리는 참 좋은 시대를 살고 있는 것 같다. 어떤 컴퓨터로 작업을 하든 한 개의 곳간에 저장할 수가 있는 시대를 우리는 살고 있다. 원노트, 에버노트, 구글 드라이브, 네이버 드라이브 등등 클라우드 시스템이 우리를 도와주고 있다. 곳간을 하나만 정해놓고 사용하게 되면 웬만한 자료는 다 소화할 수 있다.

〈핸드폰책쓰기코칭협회〉는 구글 문서와 구글 드라이브를 곳간으로 쓰고 있다.

클라우드 시스템을 사용하면 스마트폰과 연동이 되기 때문에 컴퓨터와 스마트폰 어느 한 쪽에서 자료를 넣거나 생성하면 다른 쪽에서도 똑같은 내용을 볼 수 있고 관리할 수 있다.

거듭 말하지만 자료 수집→지료 정리→자료 활용→자료 보관→자료 재활용을 잘해야만 좋은 글을 쓰고 책의 퀄리티를 높일 수 있다.

덧붙여 말하자면, 좋은 책을 쓰려면 자료 수집도 좋지만 자기가 쓰고자 하는 분야의 책을 많이 읽는 것이 좋다. 무슨 분야이든지 적어도 20~30권 정도는 기획독서를 해서 마스터해야 그 분야를 펠 수 있다. 100권~150권을 말하는 작가들도 있다.

나는 다다익선多多益善이라고 보는데, 우선 여러분은 20~30권 정도는 읽어야 한다. 여러분이 기획독서를 하는 그 책들은 여러분의 교재이자 경쟁 도서이기도 하다. 여러분이 그 책들을 제대로 읽고 제대로 분석해서 그 책을 넘어서지 못하면 아류에 지나지 못할 공산도 크다. 그만큼 단단히 마음을 먹고 책을 읽고 그 책의 저자들이 갖지 못한 것을 찾아내서 그들을 넘어서는 아이디어를 발견해야 한다. 말하자면 그 책들은 여러분의 타깃도서가 되는 셈이다.

여러분은 이제 일반적인 독서를 하는 것이 아니라 전쟁터에 나가는 장수가 적장의 전략과 전술을 읽는 마음으로 타깃도서를 읽고 분석하고 그것을 넘어서야 한다는 각오를 새롭게 해야 한다.

-문서 공유해서 공동 작업하기

　우리는 앞에서 구글 드라이브를 사용해서 문서를 공유하는 방법을 배웠다. 스마트폰에서 구글 문서를 열고 목소리로 글쓰기 작업을 하면 연동되고 있는 컴퓨터에도 그 작업이 동시에 저장된다. 그리고 같이 작업하는 멤버들이 모두 그 문서를 공유하게 된다. 공유하기를 선택했으면 말이다.

　구글 드라이브에서 문서를 공유해서 작업한다는 것은 협업의 시대, 더구나 코로나 이후 언택트 시대를 맞아 꼭 필요한 책쓰기 방식이다. 이제 한 분야의 전문성만으로는 대응할 수 없고, 전문성의 변화의 속도는 더 빨라질 것이기 때문이다. 더구나 모바일과 클라우드 기술을 활용한 실시간 의사소통이나 공유 시스템은 여러 사람이 한꺼번에 작업을 아주 효과적으로 할 수 있도록 지원해주기 때문에 여럿이서 공저를 하는 데 아주 유리하다.

　서로 문서를 공유하고 작업하면 실시간으로 여러 사람이 댓글을 통해 수정이나 주문 사항을 요청하기도 하고, 필요한 경우 직접 수정할 수 있기 때문에 전화를 하거나 이메일 문서로 보낼 필요도 없다.

　더욱 중요한 것은 수시로 서로 쓴 글들을 확인할 수 있기 때문에 자동적으로 눈높이가 조절되는 효과도 있으며 일정 관리가 아주 용이하게 된다. 사실 여러 명이 글을 쓸 경우 한 사람만 문제가 생겨도 책이 나오지 못하는 경우도 많은데 이를 자동 해결할 수 있다는 장점이 있다.

우리는 이러한 작업을 시공간을 초월해서 해낼 수 있다. 가령 해외 출장 중이거나 여행 중이라도 집이나 회사에서 작업하는 것과 같은 효과를 낼 수가 있다.

Step 4.
본격적인 본문 쓰기와 퇴고하기

본문 쓰기와 분량 조절하기

모든 자료와 글쓰기 소재들을 소제목별로 연결시켜 놓았다면 본격적인 본문 쓰기 작업에 들어가 보자.

이제 쓰고자 하는 책을 구상했던 전체 흐름과 어떻게 일관성 있고 매끄럽게 완성해 나갈 것인가를 검토해야 한다. 따라서 먼저 해야 할 필수적인 중요한 과정은 책쓰기를 구상했던 초심으로 돌아가 전체 흐름이 그 당시 기획했던 내용과 일치하는지 체크하고 작업을 시작해야 한다.

전체 흐름을 살핀다는 말은 '논리 전개'가 무리가 없는지 살피는 것으로 중간을 생략하고 껑충 건너뛰면 '논리적 비약'이 되고 만다. '흐름'이라는 단어를 보면 알겠지만, 글은 마치 강물처럼 위에서 아래로 흘러가는 것처럼 자연스럽고 매끄럽게 전개되어야 한다.

따라서 장이나 꼭지마다 글을 다 쓴 뒤에는 중간에 징검다리가 잘 놓여 있는지 확인해 볼 필요가 있다. 첫 문장은 어딘가에서 발원한 물줄기에 해당되는지 그 물줄기가 다른 물줄기와 만나면서 강의 폭이 넓어지고 깊이를 얻게 되는데 강물이 된 물줄기는 유유히 흘러서 바다로 향하게 된다. 따라서 '부족하거나 미진한 내용'이라고 느꼈다면 그게 주제에 맞는지 따져본 뒤에 필요하면 추가로 넣고, 군더더기라고 생각되면 과감히 빼는 것이 좋다.

그렇다면 하루에 얼마나 쓸까?

하루에 얼마의 원고를 써야 하는지 정해진 건 없지만 이렇게 생각해 보자. A4 120매의 분량을 채워서 책을 한 권 쓴다고 생각할 때 A4 120매를 채운다는 말은 A4 1~2쪽짜리 꼭지를 60~70개를 쓴다는 말이다. 그렇다면 하루에 A4 1장씩 쓴다면 두 달이면 한 권의 책을 쓸 수 있다는 말인데 이는 전문작가가 아니면 결코 쉬운 일은 아니다.

그렇지만 핸드폰 말하기로 글을 쓰면 책상 앞에 오래 앉아 있는 피로감이 없기 때문에 그다지 어려운 일도 아니다. 앞장의 팁에서 나는 생각을 정리하고 다듬어서 간단한 메모를 하고 그것을 바탕으로 핸드폰 말하기로 글을 쓰는 것이 핸드폰 말하기로 글을 쓰기에 용이한 방법이라고 말했다. 나의 경험상 그러면 글의 전개가 쉽고 논리적인 글이 작성된다.

무엇보다 중요한 건, 본문 쓰기라는 부담감을 조금이라도 줄이려면 '하루에 한 꼭지씩 쓰는 것'으로 계획을 잡는 게 좋다. 그러려면 목차를 보다 구체적으로 만들 필요가 있고 원고를 쓰는 도중에 목차가 이상하다고 느끼면 목차를 이리 보고 저리 보면서 예뻐 보일 때까지 다듬어 보완해 나가면 된다.

모든 꼭지의 분량이 똑같을 필요도 없다. 조금 긴 것도 있을 것이고, 조금 짧은 것도 있겠지만 너무 길어지면 중간에 소제목을 추가로 넣어서 읽기 지루해지지 않도록 만들면 된다.

초보 저자들이 가장 궁금해하는 것 가운데 하나가 원고를 '얼마나' 써야 하느냐 하는 점이다. 예상 쪽수는 저자가 쓴 원고가 책으로 출간된다고 할 때, 대략 몇 쪽 정도의 책으로 만들어질 것 같은지를 묻고 있다. 독자가 책을 구매한다면 어느 정도의 내용이 있어야 읽을거리가 있다고 생각하고, 돈이 아깝지 않을지 상상해보라. 그렇다면 과연 책 한 권의 분량은 어느 정도가 되어야 할까?

예를 들어보자. 만약 원고를 한컴오피스의 '한글(아래아 한글)' 프로그램에서 작성했다고 가정하자. 한 권 분량의 글자 수는 15만자를 기본으로 삼는 것이 일반적이다. 쪽수는 글자체, 글자 크기, 자간 넓이, 폭 높낮이 등의 다양한 변수가 있기 때문에 여기에서는 일반적으로 예상 쪽수를 산출할 수 있는 방법을 설명하고자 한다.

그동안의 경험으로 본다면 10포인트 기준으로 A4 한 장의 경우 2.2~2.5쪽의 책 분량의 경우가 일반적이었다. 따라서 300쪽 책의 경우는 원고는 A4로 120~140쪽이 될 것이고, 책의 분량이 350쪽이라면 A4로 140~160쪽을 써야만 한다.

본문을 써 내려갈 때 꼭 염두에 두어야 할 일이 있다. 아무리 좋은 내용이나 전문성이 있다고 하더라도 글이 너무 딱딱하거나 지루하다면 독자들로부터 외면받을 공산이 크다.

글은 중학생 눈높이로 써야만 한다는 주장도 있지만 이를 해결하는 방법 중의 하나가 이해를 돕기 위한 예문이나 사례를 넣는 방법이다. 더구나 이러한 예문이나 사례가 자신이 과거에 직접 경험했거나 실제적으로 현장에서 적용되어 성공적으로 활용되었던 것이라면 금상첨화다. 자기계발서나 에세이, 자서전의 경우는 더욱 실제 경험이 핵심이 되어야 설득력이 있고 다른 경쟁서와 차별화가 가능하다.

전문서의 경우도 장이나 절마다 실제 쪽 사례를 넣어 본문을 정리한다면 시각적인 효과도 있고 독자들이 읽기도 수월해질 수 있기 때문에 매우 효과적이다.

초고 원고 다듬고 교정하기

글의 힘은 '퇴고'에서 나온다

글은 책 한 권 분량을 썼다고 해서 절대 끝난 것이 아니다. 어떤 작가는 퇴고에서 이야기가 바뀔 정도로 '퇴고의 힘'은 강하다. 글을 써서 누군가에게 보여주는 것을 부끄러워하면 안 된다. 다른 사람들과의 피드백 속에서 내 글은 점차 완성도가 높아진다. 퇴고를 하는 데는 아래의 세 가지 원칙이 있다.

첫째, 쓴 글에서 빠진 부분과 부족하다고 느껴지는 부분을 찾아 보완해야 한다.

둘째, 불필요한 부분이 있거나 지나치게 많이 들어간 것들을 찾아 없애야 한다.

셋째, 쓴 글의 순서를 바꾸었을 때 더욱 효과적일 부분이 없나 살펴보고, 구성을 변경해서 주제에 보다 효율적으로 다가가게 할 필요가 있다.

핸드폰에 말을 걸어서 문서 파일 만들기는 무척 쉽다. 그런데 핸드폰에서 문서를 완성하고 퇴고하는 일은 쉽지 않다. 작은 화면에다 키보드 작동도 안 되고 마우스 기능도 지원되지 않기 때문이다. 더구나 시니어들은 눈이 침침해지기도 하고 읽어도 금방 눈에 들어오지 않는다. 심지어는 무엇을 읽었는지조차 몽롱해지기도 한다.

문서를 수정하고 더 많은 자료를 취합해서 원고를 보관하는 작업은 노트북이나 컴퓨터에서 하는 것이 훨씬 원활하고 능률적이다. 핸드폰에서 작업한 것을 노트북이나 컴퓨터에서 작업하는 일은 아주 쉽다.

이미 수차례 언급했지만, 핸드폰과 컴퓨터를 구글 계정으로 연동시켜 놓으면 된다. 그러면 핸드폰에서 작성한 구글 문서가 컴퓨터에서 동시에 뜬다. 마찬가지로 컴퓨터에서 작업한 구글 문서도 동시에 핸드폰에 뜬다. 구글 독스를 전반적으로 활용하면 구글 문서뿐만 아니라 구글 스프레드시트, 구글 프레젠테이션도 마찬가지로 활용할 수 있다. 구글 드라이브에서 글쓰기 작업뿐만 아니라 사무용 작업도 하면 된다

책을 쓰는 작업도 힘들지만 책의 완성도를 높이기 위해 수정하는 작업도 만만치 않다.

헤밍웨이의 소설 『노인과 바다』는 100여 번의 수정을 거듭해서

나왔다고 알려져 있다. 송나라 문장가 구양수는 시를 쓴 이후에 벽에 붙여두고 방을 드나들 때마다 고민했다고 한다. 하물며 처음 글을 쓰거나 책을 쓴 사람이라면 오죽하랴!

당나라의 시인 가도賈島는 나귀를 타고 친구의 집을 찾아가는 길에 한 편의 시가 머리에 떠올랐다.

閑居隣並少(한거린병소) 한가하게 거하니 함께하는 이웃이 드물어
草徑荒園入(초경황원입) 좁다란 오솔길에 잡초만이 무성하구나
鳥宿池邊樹(조숙지변수) 새들은 연못가 나무 위에서 잠자고
여기까지는 단숨에 읊었으나 그다음 결구結句가 얼른 생각나지 않았다.

僧推月下門(승추월하문) 스님은 달빛 아래서 문을 밀고 있구나
이상과 같이 끝을 맺어 보기는 했으나, 어쩐지 마음에 들지 않았다.

추推 자를 두드릴 고敲로 바꿔 볼까 싶어, 승고월하문僧敲月下門이라고 고쳐 보기도 하였다. 추推 자와 고敲의 어느 글자를 써야 할지 얼른 판단이 나지 않아 정신없이 나귀를 몰아가다가, 그 당시 경윤京尹 벼슬을 지내던 대문장가이자 당송 8대가의 한 사람인 한유韓愈의 행차를 비키지 못해 그 앞에 불려가게 되었다.

엄숙한 분위기에서 가도는 자기가 영감의 행차를 막게 된 이유를 설명하였다. 그랬더니 한유는 충돌에 대한 책임에는 아무 말도 않은 채 "추推 자보다는 고敲 자가 월등하게 좋소이다."라고 말하여 그때

부터 글자와 글을 고칠 때 쓰는 말로 '퇴고'라는 말이 생겨나게 된 것이다. 이처럼 원고를 고치는 일은 중요하기도 하지만 쉬운 일만도 아니다.

일단 초고를 완성한 다음에 일차적으로 해야 할 일은 잘못된 부분이나 어색한 부분을 고치는 일이다. 무엇보다도 먼저 할 일은 오자나 탈자 찾아내어 바로잡아야 한다. 잘못된 글자나 탈자가 있으면 우선 무성의하게 느껴지고 글에 대한 신뢰도가 떨어지기 마련이다. 최소한 오자와 탈자는 없도록 해야 한다.

물론 출판에 들어가기 전 출판사에서 초고를 여러 번 검토하면서 바로잡고, 윤문을 하면서 교정과 교열을 하는 단계에서 모두 잡아주는데 이는 출판사의 일이다. 그 이전에 자기가 쓴 글에 대해서는 최대한 성의를 보여주는 것은 저자의 최소한의 성의이고 예의라고 할 수 있다.

문제는 자기가 쓴 글은 자기가 고치는 데 한계가 있다는 것이다. 비록 자기가 썼다 하더라도 남의 힘을 빌리는 것도 좋은 방법이다.

중국의 시성이라 일컫는 두보杜甫는 시를 지은 다음에 그 시를 어머니에게 들려주어 반응이 있을 때까지 고치고 고쳐 발표하였다고 한다. 나도 글을 쓰거나 책의 초고가 완성되면 반드시 아내에게 교정을 부탁했다. 글쓰기나 책쓰기에 전혀 문외한인데도 용케 잘못된 부분이나 틀린 글씨까지 정확히 잡아낸다. 심지어 문맥이 이상한 것도 발견해주고 중복되거나 어색한 내용까지도 잡아내 준다.

대개 처음 글은 쓴 사람들이나 나이가 든 분들의 글은 문장이 길다. 띄어 쓰고 끊어주는 기준이 없다 보니 그렇다. 특히 나이 드신 분들은 한자를 많이 쓰거나 접속사를 거의 사용하지 않는다. 이 두 가지만 바꾸어도 문장이 쉽고 매끄러워진다.

수정에서의 가장 큰 과제는 자기가 전달하려는 기획 의도에 적합하게 전달되도록 글을 제대로 썼는지 체크하는 일이다. 특히 기승전결이 있어서 도입과 전개, 그리고 전달하려는 메시지 전달이 되고 있는지를 여러 번 반복해서 읽으며 체크해야 한다.

-원고 수정 마무리하기

이때 필요한 것이 앞의 팁에서 조언했듯이 토크프리로 원고를 읽게 해서 들으면서 원고를 수정하는 것이다. 훨씬 능률적이고 정확한 결과를 얻어낼 수 있다는 것은 경험해 본 사람들은 알 것이다.

그런데 마무리 작업을 핸드폰처럼 작은 화면에서 작업한다는 것은 눈이 침침해지는 시니어들로서는 무리다. 컴퓨터의 큰 화면과 키보드, 마우스의 도움을 받아 작업을 마무리하는 것이 순리일 것 같다.

나의 경우 그렇게 컴퓨터로 작업한 것을 토크프리에 옮겨 스마트폰의 토크프리 화면을 TV나 대형 모니터에 미러링하여 들으면서 큰 글씨로 읽고 교정 작업을 한다. 쇼파에 편안한 자세로 앉거나 누워서 틀린 곳을 발견하는 즉시 토크프리를 정지하고 노트북에 반영시키면 된다. 그러면 컴퓨터 앞에 오래 앉아서 목이 뻣뻣해지고 허리가 아픈 것을 방지할 수 있다. 시니어들은 고정된 자세보다는 자연스러운 자세로 자연스럽게 작업하는 방식을 즐길 일이다.

Step 5.
출판사 선정과 출판 프로세스

출간 기획서 보완과 출판 제안하기

책은 공짜로 나눠주는 것이 아닌 이상, 누군가에게는 읽히고 판매되어야 한다. 책이라는 것은 문학적이고 예술적인 부분과 기록이나 전문자료로서도 존재하지만, 경제적인 면도 같이 존재한다는 사실이다. 더군다나 출판사는 이익을 도모하는 회사다. 물론 책을 통해 더 좋은 세상을 만들고 더 뛰어난 사람을 양성한다는 위대한 명분도 함께 가지고 있다.

요즘처럼 책이 팔리지 않는 불황기에는 출판사에서 가장 당면한 과제는 역시나 '돈'에 관한 부분이다. 가장 기본적인 운영비가 있어야 출판사 자체를 운영할 수 있기 때문이고, 그래야만 더 좋은 작가를 찾아 나설 여유를 갖고 베스트셀러 및 스테디셀러가 될 많은 책을 여유롭게 검토할 수 있기 때문이기도 하다.

그래서 책쓰기를 시작할 때 초기에 써 놓은 출간 기획서와 초안을 완료한 후 출판사에 보여주어야 할 출간 기획서를 쓸 때 돈과 관련된 해당 항목을 유심히 보완해 쓸 필요가 있다. 가령, 대상 독자층이라든지, 예상 쪽수 등을 통해 대략적인 비용을 가늠해 볼 수도 있다.

출판사는 저자가 생각하는 책의 가격과 예상 판매 부수를 요구한다. 그리고 경쟁도서를 분석하고 현재의 출판시장을 이해하게 하며, 저자가 제시한 책 가격 및 판매 부수에 원고가 정말 걸맞은지를 알고 싶기 때문이다.

이를 위해 가까운 서점이나 도서관에 가서 자신의 원고와 비슷하고 자신이 생각했을 때 책의 최종본이라고 그려지는 청사진과 비슷한 책을 골라 가격을 보면 된다. 예상 정가를 산출할 때에는 근거를 명확하게 하면 좋다.

가령, 예상 쪽수가 약 250쪽 정도라면 산출내역을 위한 책도 250쪽 정도를 고르는 것이 좋다. 출간된 지 너무 오래된 책은 국가 인플레이션이나 물가를 반영하지 못할 수도 있다. 따라서 최근 2년 정도의 책을 찾아보고 참고한다면 많은 도움이 된다.

출간 기획서에서도 드러나긴 하지만 샘플 원고를 통해 출판사는 저자의 필력과 생각, 흥행성 등 책과 관련된 대부분의 것들을 판단한다. 당연하게도 출판사 입장에서는 샘플 원고를 읽어보고 싶어 한다. 왜냐하면 출간 기획서가 아무리 좋아도 원고 자체가 부실하면 아무 소용 없기 때문이다. 말하자면, 샘플 원고는 출판사 입장에서 볼 때 '이렇게 멋진 출간 기획서에 어울리는 원고가 나중에 잘 도착할 것인가?'를 판단하게 하는 유일한 척도인 셈이다.

샘플 원고가 좋은 점은 원고 전체가 완료되지 않은 상황에서도 '출간기획서 + 샘플 원고' 조합을 통해 출판사에 투고하고 출간제의를 해볼 수 있다는 것이다.

출간 기획서가 살짝 부족하더라도 샘플 원고가 좋으면 선택을 받을 수도 있다. 이것은 괜찮은 전략이며 일종의 단시간에 출판사를 결정하는 복안이라고도 할 수 있다. 그래서 투고할 때는 꼭 출간 기획서와 샘플 원고를 함께 보내는 것이 좋다.

원고 보낼 출판사 선정하기

원고가 준비되었다고 일이 다 끝나는 것은 아니다. 책을 인쇄할 출판사를 정해야 한다. 출판사는 편의상 대형 출판사와 소형 출판사로 나눌 수 있다. 여기에는 어떤 차이가 있을까? 우선 대형 출판사는 기획력이 탄탄하고 홍보능력이 있다. 대형 출판사에서 책을 낼 수도 있다. 큰 행운이 아닐 수 없다. 하지만 대형 출판사에서 책을 내기는 쉽지 않다. 책을 내고 싶어 하는 사람이 너무 많고 지명도가 없으면 접근 자체가 어렵다. 지명도가 있더라도 책이 팔릴 확률이 낮으면 책을 내기가 쉽지 않다.

나는 대형 출판사에서 주로 책을 냈기 때문에 많은 사람들이 책 발간을 부탁해왔다. 소개도 많이 해주었다. 하지만 실제로 책 발간까지 연결되는 사례는 많지 않았다. 사장은 좋다고 하는데 실무자인 팀장이 반대하는 경우도 있다. 이는 대체로 팀장들은 성과급을 받기 때문에 자기가 자신이 없으면 부정적으로 대응을 하기 때문이다.

따라서 처음에는 소형 출판사에서 경험을 쌓아 점차 대형 출판사로 가는 방법이 적절하다고 생각된다. 아무래도 책을 한 번 내본 경험이 있는 사람은 그 책이 자신을 홍보해주기 때문에 다음 책을 발간하는 것이 그만큼 쉬워진다. 소형 출판사든, 대형 출판사든 중요한 것은 콘텐츠다. 글의 내용이 좋으면 어디서든 환영받을 기회는 있다.

출판사에 투고하기 위해서는 먼저 출판사의 목록을 리스트업 해야 한다. 인터넷 검색 및 인터넷 서점 등을 통하면 빠른 시간 내에 많은 출판사를 리스트업 할 수 있다. 하지만 무작정 투고한다고 해서 책 출간이 이루어지지는 않는다. 모든 일이 그렇듯 투고에서도 전략과 계획이 필요하다. 지금 저자와 내가 쓰고 있는 출간 기획서도 그렇지만 이 투고 작업도 마찬가지로 최종 목적지는 단 한 곳이다. 바로 출간을 위한 투고 전략 및 계획은 다음과 같이 이루어진다.

첫째, 먼저 조사된 출판사 리스트에서 가장 마음에 드는 출판사 몇 곳을 선택하는 작업이 필요하다. 무조건 크다고 좋은 출판사는 아닐 수 있으며, 작가 자신과 성향이라던지 여러 가지 코드가 맞는 출판사가 좋을 수도 있다. 이 부분을 꼼꼼히 따져보고 검토해 본 다음 출판사를 선택해야 한다.

둘째, 선택된 몇몇의 출판사 상호를 검색하여 해당 출판사에서 지금까지 출간했던 책이 어떤 것들이 있는지 살펴본다. 대부분의 출판사에서는 자신만의 주력 장르가 있다. 소설이면 소설, 일반 문학이면 일반 문학, 실용서면 실용서, IT 계열이나 교과서 형태 등 장르는 매우 다양하다. 일단은 장르 자체가 같은지 검토해본다.

만약 장르가 비슷하지 않거나 아예 동떨어진 주제라면 아무리 좋은 원고와 출간 기획서가 준비되어 있다 하더라도 해당 출판사에서 출간을 결정할 확률은 낮다.

셋째, 출판사 홈페이지 등 해당 출판사에 투고하는 방법을 알아내야만 한다. 큰 출판사들은 자신들의 홈페이지에 투고 메뉴를 만들어 두기도 하고, 이메일을 통한 투고 방법을 안내하기도 한다.

여기에서 주의해야 할 점은 출판사들 중에서 자신들만의 '출간 기획서 양식'을 배포하는 경우다. 이럴 때는 공유되어 있는 해당 출판사의 출간 기획서에 저자가 지금까지 썼던 출간 기획서 내용을 다듬어 붙인 다음, 해당 양식으로 투고해야 한다.

출판사에는 하루에도 엄청나게 많은 출간 문의가 들어온다. 파일을 열었을 때, 양식조차 지키지 않은 기획서를 누가 관심을 가지고 읽어보겠는가? 저자가 정말 자신의 원고를 책으로 만들 생각이 있다면, 해당 출판사에서 출간기획서 양식을 배포하고 있는지 꼭 확인해야 한다.

출판사에 최종 원고 피칭하기

마지막으로 이제 마무리 된 원고를 출판사에 투고할 차례다. 어쨌거나 해당 출판사에 투고하는 시스템은 약간씩 다르기 때문에 해당 출판사에서 요구하는 방법을 통해 투고해야 한다. 투고할 때 저자가 준비해야 할 것은 총 두 가지다. 출간 기획서와 샘플 원고가 그것이다. 이 두 가지를 각기 다른 파일로 준비해서 보내도 되고, 출간 기획서 파일 내에 붙임 문서와 같은 형태로 함께 보내는 방법도 있다. 중요한 것은 내용이다. 파일의 형태가 어떻든 내용은 빠짐없이 모두 들어가 있어야 한다.

딱 한 곳의 출판사에만 투고하는 것은 잘못된 전략이다. 그 출판사에서 저자의 책을 출간해줄지 그렇지 않을지는 아무도 모르기 때문이다. 저자는 해당 출판사에서 "이 원고를 백지수표를 써서라도 책으로 출간합시다."라는 말을 듣고 싶겠지만 현실은 냉정하기 그지없다. 리스트업했던 출판사 몇 곳에 동시에 투고하는 방법을 사용하는 편이 유리하다.

투고를 했다면 이제는 기다림의 시간이 또다시 찾아온다. 저자의 출간 기획서와 샘플 원고가 검토되는 시간이 필요하다. 빠르면 일주일, 늦으면 수개월이 걸릴 수도 있다. 이때의 기다림에서는 원고 작성과 출간 기획서 작성, 그리고 투고 작업까지 마친 자신에게 적절한 휴식을 주고 어느 정도 에너지를 충전한 다음 원고를 다듬는 기간으로 삼으라. 또한 투고했던 모든 출판사에서 거절당할 경우를 고려하여 차순위 출판사를 물색하고 투고 준비를 해야 한다.

출판사에서 저자의 원고와 출간 기획서를 검토한 다음 최종적으로 출간을 결정했다면 어떤 방식을 통해서라도 연락을 취할 것이다. 이때의 연락 수신을 좀 더 수월하게 하기 위해서 투고할 때 자신의 이메일과 연락처를 꼭 기입해 두어야 한다. 반대로 저자의 원고를 출간하지 않겠다고 결정되면 재미없는 일이 일어나기도 한다.

조금 친절한 출판사라면 "작가님의 원고와 기획서를 모두 검토했으나 OOO의 이유로 인해 출간하지 못할 것 같다."는 회신 답변을 줄 것이다. 아예 관심이 없는 출판사에서는 회신 자체를 안 해주는 경우도 있으니 그래도 실망하지 말고 다른 출판사를 통해 계속해서 투고하는 끈질긴 집념이 필요하다.

투고를 어떻게 하느냐에 따라 저자의 원고가 책으로 나올 수도 있고 그렇지 않을 수도 있다. 예전에 한번 반려당한 출판사라도 해도 얼마간의 시간이 지난 뒤, 그리고 원고와 출간 기획서를 확실하게 다듬은 다음 재투고할 계획도 고려해야 하는데 이것은 절대로 부끄럽거나 민망한 일이 아니다. 저자의 최종 목표는 책 출간이다.

문제는 원고 작성 도중에 투고하게 될 경우이다. 이때에는 원고 완성 일정을 적절하게 제시해야 한다. 그리고 큰 이변이 없다면 해당 일정에 최대한 맞춰서 원고를 출판사에 넘겨주어야 한다. 이것은 상호 간의 약속이자 출간 일정 및 프로세스 운영에 큰 영향을 주기 때문이다.

출판사 인쇄본 교정과 보완하기

원고가 전달되고 출판사가 결정되었다면 드디어 저자의 손을 떠나 출판사에서의 책 출간의 내부 프로세스가 본격 진행되기 시작한다. 출판사의 책 출간 일정표에는 빽빽할 정도로 많은 원고들이 인쇄를 기다린다는 사실을 염두에 두어야 한다. 내가 쓴 원고는 이제 출간 대기열에서 어디쯤 들어가야 할지 선택당한다. 그 결정은 당연하게도 출판사 담당자다.

저자가 제시하는 예상 집필 완료 시기를 기준으로 출판사 담당자는 책의 인쇄 시기를 판가름하게 된다. 만약 이 일정이 뒤틀리게 되면 전체적인 일정이 뒤로 밀리거나 뒤죽박죽되어 골치 아프게 하기 때문에 저자가 제시하는 일정을 최대한 지켜주길 바라는 것 또한 출판사 담당자의 마음이다.

아울러 완벽한 책이 되기 위해서 표지의 디자인, 종이의 재질, 종이 두께, 흑백 혹은 컬러, 사진 유무, 이미지 유무, 간지 유무, 인쇄 도수 등에 대해서도 자기가 의도하는 책이 되도록 참고가 되는 자기 의견을 전달해야 할 필요도 있다.

예상 정가도 협의하여 산출했다면 이제 예상 판매 부수를 산출할 차례다. 예상 판매 부수는 예상 정가보다 더 산출하기 힘든 카테고리다. 아직 책이 서점에 깔리지도 않았고 마케팅도 하지 않았는데 도대체 몇 권이나 팔릴지 어떻게 알 수 있단 말인가?

예상 판매 부수는 사실 출판사 입장에서 볼 때 비용 산출 및 인쇄를 가늠하게 하는 척도가 된다. 엄청나게 많이 팔릴 것 같은 책이라는 판단이 선다면 조금 더 공격적으로 인쇄할 것이고, 그저 그런 책이나 버리기는 아까운 존재라면 대폭 축소된 인쇄 부수를 결정할 것이다. 물론 누구나 책이 엄청나게 많이 팔리고, 해외에도 번역되어 수출되며, 베스트셀러는 물론이고 스테디셀러에까지 오르기를 꿈꾸겠지만 그런 일은 자주 일어나지는 않는다. 결국 예상 판매 부수는 현실적으로 정하는 것이 좋다.

여기서 중요한 것은 최종원고를 넘기는 정확한 일정이다. 초보 작가들이 실수하는 부분은 바로 여기다. 처음 출판 계약서에 사인할 때는 한껏 고무된 나머지 3개월이 걸려도 완성할까 말까한 원고 분량을 1개월 만에 완료하겠다고 다짐하기도 한다. 그리고 이 내용을 너무나도 당당하게 출판사에 전달한다. 출판사 입장에서는 당연히 저자의 말을 믿을 수밖에 없다. 어떤 근거나 데이터가 없는 상황이기 때문이다. 하지만 시간이 지나면 호언장담했던 원고 완성 일정은 계속해서 뒤로 밀린다. 2개월, 3개월, 그 이상…. 상황이 이렇다 보니 출판사 측에서는 계약서상에 작가는 원고를 언제까지 전달해야 한다. 이것을 지키지 못한다면 출판사가 일방적으로 계약을 파기할 수 있다는 조건을 내걸기도 한다.

출판사에 원고를 넘기면 출판사는 1차적으로 윤문작업을 하고 1차 수정원고가 나오면 저자에게 확인 작업을 의뢰한다. 이러한 작업은 출판사에 따라 차이가 있는데 대개 최종 완료까지 3~4회 계속된다. 이때 저자는 오탈자를 찾아내고 문구를 수정하는 일도 중요하지만, 그 사이에 추가로 넣거나 뺄 부분은 없는지, 잘못된 부분은 없는지를 살피는 데 중점을 두어야 한다. 여기에서도 원고를 수정하는데 TV 화면을 연결해서 눈으로 보면서 교정할 경우 속도도 빠르고 큰 효과가 있다는 것을 다시 한번 강조한다.

출간된 책 홍보와 활용하기

"만약 책이 출간될 경우 저자는 어떻게 책을 홍보할 것인가?"

이런 질문을 출판사가 왕초보 저자에게 한다면 아마 당황할 것이다. 요즘 같은 불경기에도 신간이 홍수처럼 쏟아지고 있다. 이런 신간의 홍수 속에서 내 책이 팔리려면 독자들의 눈길을 끌 수 있어야한다. 그렇지 않다면 서점의 매대에 진열된 지 2주일 정도 후에는 내책은 흔적도 없이 사라지게 된다.

물론 홍보는 출판사가 책을 팔기 위해 책임지고 다각도로 준비하는 것이 당연하지만, 나는 책을 쓰려는 사람들에게 출판사에서 자신의 책이 출간되면 독자에게 어필하고 홍보를 하는데 협조적이어야한다고 생각한다. 출판사에서 책을 출간하는 이유는 결과적으로 판매를 목적으로 한다. 하루에도 수십 권 이상의 신간들이 쏟아져 나오고 책을 읽는 사람들의 숫자가 급격하게 줄어들고 있는 출판시장의 상황을 고려하면 저자 자신의 홍보계획이야말로 정말 눈에 보이는 중요한 부분이다.

저자가 독자들에게 어필하는 방법은 사실 많지는 않다. 그러나 단체 구매가 가능하거나 영향력이 있는 지인에 책을 소개하거나 신문잡지를 연결할 수 있는 경우 신간 코너에 책 소개를 부탁할 수도 있다. 그리고 개인적인 활동으로는 개인 메일 소개, SNS와 블로그, 저자 특강 등이 있다.

여기에다 언론사를 적극 활용해 자신의 책을 사람들에게 어필하는 방법을 출판사와 같이 노력하는 방법을 적극 권한다. 사실 더 독자들의 눈길을 사로잡고 지갑을 열게 하는 데 있어 광고보다 더 강한 효과를 발휘하는 것이 바로 언론 기사이다.

예를 들어 2017년 4월에 내가 17번째로 출간한 'Samsung HR Way'는 감사하게도 〈한국경제신문〉에 신간을 소개하는 공병호 소장의 책 소개가 실렸다. 이후 그 기사로 인해 판매를 활성화하는데 많은 기여를 했고, 책에 대한 신뢰도가 크게 올라가는 효과도 있었다.

요즘에는 젊은이들이 신문을 거의 보지 않아 광고는 출판사에서 막대한 비용을 들여서 해도 그다지 효과가 크지 않다. 반면에 책 소개 기사는 공짜로 이루어짐에도 독자들을 서점으로 이끄는 힘을 발휘한다. 왜냐하면 광고에는 상업적인 냄새가 물씬 풍기지만 책 소개 기사는 기자나 그 분야의 전문가가 객관적으로 책을 소개하기 때문에 독자들의 신뢰도가 훨씬 높기 때문이다.

책 출간과 맞먹을 정도로 중요한 것이 책 홍보이기 때문에 저자도 심혈을 기울여야 한다. 홍보야말로 요즘같이 불황과 책을 사지 않는 상황에서 책을 팔게 하는 유일한 척도이다. 이름값이 있는 유명한 저자들은 책 내용에 관계없이 유명세만으로도 많은 책을 단기간에 팔아치울 수 있다. 하지만 초보자나 경력이 적은 저자의 경우는 그렇지 않다. 심지어 저자가 누구인지도 모른다. 그렇기 때문에 홍보야말로 책을 세상에 알릴 수 있는 유익한 방법이다.

저자가 할 수 있는 또 하나의 홍보의 좋은 방법은 출간된 책을 강의나 세미나를 열어서 교재로도 쓰고 참가자들에게 비용을 받으며 나누어 주는 방법이 있다. 심지어는 이 책을 적극 활용하여 자기가 하고 있는 사업에 연결해서 활용한다면 책을 쓴 최고의 보람도 있을 것이다. 사실 전문작가가 아닌 다음에야 책을 써서 인세를 받아 수익을 남긴다는 것은 아무나 가능한 일이 아니다.

저자 출판기념회

책자를 홍보하는 방법으로는 여러 가지가 있지만 대부분이 출판사의 업무이고 저자가 홍보를 직접 수행하는 데는 한계가 있다. 그중의 하나가 저자 특강이나 출판 이벤트 그리고 출판기념회라고 할 수 있다.

책이 나오면 "출판기념회를 해야 하나, 한다면 어떻게 할 것인가?"를 생각하지 않을 수 없다. 흔히 출판기념회라고 하면 정치인이나 저명인사들이 호텔이나 문화회관에서 거창하게 하는 경우를 떠올리기 쉽다. 하지만 꼭 그렇게 생각할 필요는 없다. 가까운 친지들을 초청해서 조촐하게 하는 경우도 있다. 아니면 가까운 가족과 함께 조용히 기념회를 가져도 된다.

책쓰기를 해내려면 시작과 끝이 중요한데 그러면 일정 관리가 중요한 일이다. 책을 내겠다는 마음을 먹었다면 끝까지 밀고 나가고 집중해야 한다. 그런데 책 쓰는 과정이 늘 순탄치만은 않다. 힘이 들 때도 많고 슬럼프에 빠지기도 한다. 글이 잘 써지지 않으면 괜히 시작한 것 같은 회의와 좌절감도 밀려온다. 그럴 때 슬럼프를 극복하고 집중하는 방법 중의 하나가 출판기념회 날짜를 미리 정하는 것이다. 이를 위해서라면 의미 있는 날, 예를 들면 입사 30년차, 퇴직 기념, 결혼 30주년, 회갑, 고희 등 자신이 축하하고 싶은 날을 선정하면 더욱 확실해진다.

출판기념회에 일정한 격식은 없다. 오히려 격식을 지나치게 차려서 출판기념회를 거행하게 될 경우 억지로 참석해야만 하는 경우도 많아 거기에 참석하는 사람들 모두에게 기분 좋은 일이 아닐 수도 있다.

그런 이유로 나는 20여 권 이상의 서적을 출판했지만 일부러 출판기념회를 열어본 경험이 한 번도 없다. 다만 자연스럽게 기존의 모임에서 케이크 하나를 자르며 축하받을 정도의 행사로 진행했던 경우는 여러 번 있었다.

결국 출판기념회는 자신의 형편에 맞게 하면 된다. 그리고 책을 쓰는 과정에서 책쓰기의 마지막은 출판기념회가 피날레를 장식하는 일이다. 자신의 이름으로 당당하게 세상에 나올 책을 상상하면서 출판기념회 때 참석자들에게 전하고 싶은 저자의 소감과 감사의 인사말을 마음속으로 준비해 보자.

-원고 번역하기

책을 한 권 쓰고 나면 이 책이 국내뿐만 아니라 해외에서도 출간되면 얼마나 좋을까 하는 소망을 갖게도 된다. 이채윤 작가는 자기 책이 일본어, 중국어로 번역되어 외국에서도 인세가 들어오고 NHK와 인터뷰도 했다고 자랑을 한다.

그런데 요즘은 자기가 쓴 글을 바로 번역할 수 있는 시대다. 그것이 책으로 내놓을 수 있는 퀄리티냐 하는 문제는 전문가의 영역이지만, 내가 쓴 글을 바로 번역해서 볼 수 있다.

그런 도구로서 구글 번역을 추천하고 싶다. 수준 높은 문학작품이 아닌 일상대화는 거의 정확하게 결과물이 나온다. 만약에 외국 친구나 바이어가 있다면 그 번역한 글을 보내서 보다 친밀한 관계를 구축할 수 있을 것이다.

구글의 AI 기술 발달로 번역의 기능이 대폭 강화되어 이제 300쪽에 달하는 책 한 권의 번역 초벌도 몇 시간이면 끝난다. 그 번역 품질은 믿기 어려울 정도로 훌륭하며 구글 번역기는 104가지 종류의 언어로 통역은 물론 순식간에 번역을 해 준다.

구글 번역기는 긴 문장의 번역에는 매우 뛰어난 성능을 가지고 있다. 그리고 공유 기능이 있어 이 책에서 기능을 강조하는 토크프리에도 전송할 수 있다. 글자를 크게 보기 위해서는 전체 화면 기능을 활용할 수 있다. 또한 구글 번역기는 오피스렌즈처럼 사진을 찍으면 바로 문자화시켜 주고 그 문자화된 것을 기초로 원하는 언어로 번역까지 마쳐 준다.

에필로그

이제 핸드폰에 말을 걸어보자구요!

당신은 이 책을 끝까지 읽고 지금 여기까지 와 있다. 이미 여러 번 연습해서 이제는 말로서 글을 쓰고 문서를 공유하고 공동작업을 하는 것이 얼마나 편안한 일인지 알게 되었을 것이다. 어떤 사람은 이미 핸드폰에 말을 걸어서 업무 일정을 잡고, 일기를 쓰고, 나름 자신만의 글쓰기를 하고 있을 것이다.

그런데 여기까지 와서도 책쓰기에 대해서 망설이는 사람도 많을 것 같다. 그렇다면 나는 자서전 쓰기를 권한다. 그것이 시니어가 쓰기 가장 쉬운 책이다. 시니어들에게는 책을 쓸 소재가 무궁무진하다. 인생 자체가 수십 권의 책이 아닌가? 하지만 당신은 또 망설인다.

'누가 내 인생에 관심을 둔단 말인가. 괜히 비웃음만 사지 않을까?'

'내가 잘 쓸 수 있을까? 그렇게 잘 쓸 것 같지 않은데…'

'이렇게 자신에 대해 생각하는 데 너무 많은 시간을 할애해서는 안 될 것 같은데…'

'그냥 묻어 두는 게 더 나은 것도 있지 않을까?'

하지만 나는 자서전은 자기가 자신에게 주는 마지막 인생의 선물이라고 생각한다.

자서전은 인생에 대한 것이고 인생을 위한 것이다. 살았던 시간에 대한 것이고, '나' 라는 존재를 만들어 준 이 세상과 이 세상을 살았던 나의 사건에 대한 기록이다. 우리가 사랑한 사람과 우리를 흥분하고 감동하게 만들고 또 힘들게 했던 모든 일에 대한 기록이다. 크게 웃었던 때와 눈물 흘렸던 순간도 여기에 담겨 있다.

살아오는 동안 자신의 삶에 진정한 생명을 불어넣어 준 장소는 어디인가? 삶의 의미를 느끼게 한 순간은 언제인가? 이는 우리 아이들이 알고 싶어 하는 것이기도 하다. 또 우리가 친구들과 나누고 싶어 하는 것이기도 하다. 이런 이야기를 나누는 것은 '우리는 항상 여기 함께한다.' 는 친밀한 관계를 확인하기 위함이다.

비록 삶의 모든 여정을 이야기하기에는 아직 충분히 나이 들지 않았을지라도 우리가 이런 이야기를 정리하고 기록하는 것은, 사람과 인생에 대해 반추해 보고 깊이 생각하며 살아간다는 의미이기도 하다. 시간을 두고 당신의 삶을 이야기해 보라. 자신의 이야기를 하면서 오늘과 내일 '함께' 한 모든 것에 감사하자. 인생에 대한 이야기는 값을 매길 수 없는 특별한 유산이다.

그저 지나간 시절을 고즈넉이 바라보며 핸드폰에 대고 담담하게 말을 걸어보라.

공저자 이채윤 씀

출간 기획서 1

(제목) 벼랑 끝에 선 일본			도서출판 작가교실 기획팀		
			작성일 : 2020. 6.		
저자	이채윤	예상 면수	250쪽 전후	예상 가격	15,000원
출간 예정일	2020. 하반기 예상	분류	인문		
사진 및 일러스트 유무	없음	사진 및 일러스트 분량	일본 통계자료 20컷		
작가: 이채윤	**[이력]** 시민문학사 주간 인터넷 서점 BOOK365의 CEO 〈세계일보〉 신춘문예 시 부문 당선 〈문학과 창작〉 소설 부문 당선 2017년 한국 시문학상 수상 **[출간도서]** 시, 소설, 역사, 신화, 종교, 경제, 경영, 자기계발서 등 여러 분야에 걸쳐 다양한 작품을 출간 중. -자기계발, 경제/경영 분야- 《십일조의 비밀을 안 최고의 부자 록펠러》- 13만 부 판매, 일본으로 수출, 《안철수의 서재》- 교보 종합 17위, 6만 부 판매, 《삼성처럼 경영하라》- 7만 부 판매, 중국 및 일본으로 수출, 《부자의 서》(2014년 세종도서 우수교양도서), 《위대한 결단》,《황의 법칙》,《중국 4000년의 정신》, 《18세, 네 꿈을 경영하라》,《어린왕자의 성공법칙》, 《엽기 그리스로마 신화 1, 2》,《성경이 만든 부자들 1, 2》 《정주영과 잭 웰치의 팔씨름》《삼성가의 사람들》,《현대가의 사람들》 등 -소설 분야- 《대조선》,《주몽》,《대조영》,《아버지》,《하모니》,《기황후》 등. -아동 분야- 《박지성 11살의 꿈 세계를 향한 도전》- 3만5천 부 판매, 《바보 대통령, 노무현 할아버지의 삶과 꿈》 등					

일본의 한국에 대한 수출 규제 이후 우리가 선진국이라 여기던 일본이 역주행하고 있는 모습이 적나라하게 포착되고 있다. 동일본 지진과 쓰나미, 후쿠시마 원전폭발, 코로나19 사태에 미성숙하게 대처하는 일본. 주민등록등본을 떼려면 거주지로 찾아가야 하는 일본은 아직도 아날로그 국가다. 저출산 고령화로 일본인구의 3분의 1이 65세 이상 노인이다. 아직은 제3위 경제 대국이라지만 일본을 먹여 살릴 캐시카우가 없다. 전자산업은 한국에게 다 빼앗기고……머지않아 제3위 경제 대국의 자리는 독일에게 내줄 것이다.

이 책은 자동차, 기계, 부품·소재 산업마저 힘을 잃어가고 있는 일본의 불안한 미래를 진단하고 있다.

■ 타깃 독자층

극일(克日)을 꿈꾸는 모든 한국인

■ 시간 경과에 따라 개정이 필요한 책입니까?

해마다는 아니지만 2~3년에 한 번쯤 개정판을 낼 필요가 있을 듯.

■ 핵심 콘셉트

아베를 비롯한 일본 우파는 아직도 대일본제국에 대한 미망에 잠겨 있으나, 굴뚝 산업 시대의 최전성기는 지났다. 아날로그에서 디지털로 전환하지 못한 노령화 사회, 아무도 책임지지 않는 매뉴얼 사회 일본은 급속하게 쇄락해 갈 것이다. 일본은 한국이 벤치마킹하던 나라였으나 이제 일본은 한국을 벤치마킹해야 할 것이다.

■ 원고 방향

이 책에는 일본을 비판하는 내용만 들어 있는 것이 아니라 일본의 장단점을 냉정하게 분석해서 한국의 나아갈 길을 제시하고 있다.

■ 유사/경쟁 도서 분석 및 현황

(yes24 판매지수)

도서명	판매지수	내용
일본 경제 30년사 : 버블에서 아베노믹스까지	5,319	"신자유주의 경제 정책이 어떻게 일본을 멈춰 세웠나?" 코로나19 사태를 극복할 지혜를 일본의 경험에서 배운다! 한국을 대표하는 이코노미스트 홍춘욱 감수!
위험한 일본 경제의 미래	480	일본이 겪고 있는 경제위기의 근본적인 문제와 특히 인구 감소, 고령화 시대에 더욱 가속화될 이 위기의 생존 전략에 대해 소개하고 있다.
일본 관찰 30년 : 한국이 일본을 이기는 18가지 이유	9,606	"산업화 시대에 한국의 미래모델은 일본이었지만 정보화 시대에 일본의 미래모델은 한국이다" 30년간 관찰하고 연구하고 목격한 일본의 민낯과 현주소

1) 소수의 우익이 지배하고 있는 일본 사회 해부

아베의 주변에는 극렬한 우익분자들이 포진해 있다. 일본 우익들은 애국으로 자신들의 행동을 포장한다. 애국심은 '불량배의 마지막 피난처'라는 말이 있다. 일본의 재무장과 집단적 자위권 쟁취를 목표로 하는 극우세력들은 과격하다기보다는 추악한 행동을 한다.

2) 아무도 책임지지 않는 매뉴얼 사회 해부

일본 사회에서 매뉴얼은 사회시스템으로 작용된다. 매뉴얼대로 움직이는 대표적인 조직은 군대다. 일본 국민들도 군대의 사병처럼 움직인다. 그런데 그 매뉴얼은 누가 만든 것일까?

권력을 가진 자들은 자기들 입맛에 맞도록 매뉴얼을 작성했다. 지금 일본 사회를 움직이는 매뉴얼은 사무라이들이 만든 것이다.

3) 디지털 시대에 뒤떨어져서 캐시카우를 잃어버린 일본 경제 해부

그동안 일본은 우리에게 치열하게 경쟁해야 하는 경쟁자이자, 배워야 할 벤치마킹 대상이었다. 산업화 시대에는 한국이 일본을 따라가는 입장이었으나, 정보화 시대에 들어서는 모든 분야에서 한국이 일본을 앞서고 있다. 앞으로 일본이 정보화 사회로 더욱 발전하려면 많은 부분에서 한국을 벤치마킹해야 한다.

■ 홍보 전략

이 책의 저자 이채윤 작가는 자기계발, 경제경영 쪽 전문작가로 이름이 높다. 그가 출간한 책들의 판매성적도 퍽 좋은 편이다. 작가의 이름만으로도 판매가 일정 부분 보장되기 때문에 요즘 같은 불황에 꾸준히 팔리는 효자 상품 역할을 할 수 있을 것이라 기대한다.

1. CEO 모임, 독서 모임 등에 신간 홍보
〈핸드폰책쓰기코칭협회〉, 〈지역 도서관 모임〉
한일관계의 중요성을 알고 있는 CEO 모임과 독서 모임 등에 신간을 홍보한다면 단체 구매 등으로 이어질 수 있을 것이다.

2. SNS, 팟캐스트 등을 통한 홍보
이 책은 이채윤 작가가 인터넷신문 〈브레이크 뉴스〉에 인기리에 연재해온 기사를 좀 더 보강해서 펴낸 것으로, 이 책이 출간되면 〈브레이크 뉴스〉에 신간 소개를 할 수 있다. 〈브레이크 뉴스〉는 하루에 수십만 명이 애독하는 매체이기 때문에 좋은 홍보 효과를 기대할 수 있다.

출간 기획서 2

1. 제목(가제)	코로나 이후의 삶, 그리고 행복
2. 참여 작가	핸드폰책쓰기코칭협회 회원 및 이 사업에 관심이 있는 모든 분
3. 도서 분야	에세이 및 칼럼 스타일
4. 출판 일정	1. 계획서 공유 및 홍보(4월 20일) 2. 원고 접수(5월 5일) 3. 최종 원고 검토 및 교정(5월 20일) 4. 출간 – 2020년 6월 5일(6월 9일 협회 발대식 연계)
5. 책자 구성	1. 누구나 공감할 수 있도록 읽기 쉽고, 잘 팔리는 책으로 구성 2. 신국판으로 하고, 300P 이내로 구성 3. 각 저자마다 원고 1편, 원고지 15~20매 내외 　(A4 3쪽 이내) 4. 원고 50편 내외로 구성.
6. 집필 의도 및 콘셉트	1. 예기치 않은 재앙, 코로나19 사태를 겪으며 모든 일상이 단절되었다. 이제 모든 영역에서 코로나 이전 BC(Before Corona)과 이후 AC(After Corona)로 달라지고 있는 가운데 이제 새로운 질서와 변화가 요구되고 있다. 2. 3개월 이상 코로나 감옥에 갇혀있는 동안 당연하다고 여겼던 소소한 일상이 실은 얼마나 기적 같은 일이었는지 새삼 깨닫는 기회였다. 3. 무한경쟁 사회, 물질만능주의에 젖어 살던 그간의 삶을 뒤돌아보고, 잊고 있던 생활의 기쁨과 삶의 행복을 일깨워주는 메시지를 담는다.

7. 원고 작성	1. 형식 - 에세이 혹은 칼럼 2. 분량 - A4 용지, 10pt, 3매 이내 3. 주제 - 코로나19의 경험을 통해 새롭게 인식한 일상의 행복 (가정, 교육, 경제, 소비, 여가, 스마트 워크 등 다양한 분야 중 택일) 4. 원고 마감 - 2020년 5월 5일 5. 첨부 자료 - 간단한 약력(2줄 정도), 이메일, 주소, 연락처 (예시 원고 참고)
8. 예상 독자	1. 주요 예상 독자: 코로나19로 인해 자유롭게 문화생활을 하지 못하는 모든 직장인을 포함한 성인들. 2. 기대 독자: 학교 수업이 제대로 이뤄지지 않아 답답한 학생들과 미래에 대한 불안감에 젖어있는 청소년들.
9. 작업 방식	1. 참여 인원은 총 40명 이상, 1인 1편으로 하되 꼭 필요한 경우 2편도 가능. 2. 주제는 자유로 하되 책의 완성도를 높이기 위해 일부 특정 주제의 경우 외부 필자와 사전 조율하여 내용이나 형식의 균형을 맞추도록 할 필요가 있음 3. 유사한 책이 봇물처럼 쏟아질 것으로 예상되는 바 시간 단축을 위해 철저하게 비대면 스마트 워크를 통해 진행 4. 모든 기획부터 홍보까지 도서출판 SUN에서 종합 창구가 되어 속도전으로 진행 # 이번 출판 프로세스를 완전히 스마트 워크를 통해 비대면 활동 체험의 기회를 갖도록 하여 코칭 활동 시 활용하는 경험을 직접 체험하도록 함.
10. 출판 후 활동	1. 온라인(블로그 등) 및 오프라인 언론사에 홍보 2. 총판을 통한 전국 서점에 배포하여 적극 판매

핸드폰책쓰기코칭협회

-소개 및 활용 안내-

> 새로운 것에 도전하는 액티브 시니어는 아름답다!

추진배경 및 목적 전문작가의 코칭을 통해 왕초보에게도 누구나 책쓰기 도전의 기회 제공

대한민국은 초고령화로 접어들어 60세 이상만도 1,100만 명에 이르는 액티브 시니어들은 무언가를 즐기고 글이나 책으로 남기고 싶어 한다. 그러나 남의 도움 없이는 결코 쉬운 일이 아니다. 전문작가의 코칭으로 스스로 책을 쓰는 것이 가능하다. 4차 산업혁명의 인공지능(AI)은 책쓰는 방법도 혁명적으로 바꾸고 있다. 눈이 침침해지고 독수리 타법의 시니어들에게는 복음과 같다. 핸드폰에 대고 말로 하거나 사진을 찍으면 문서가 작성되고 문서를 예쁜 목소리로 읽어준다. 더구나 언택트 시대에 공짜 핸드폰 앱 활용으로 책쓰기 시간이나 비용을 1/3 이하로 줄일 수 있고, 왕초보들도 누구나 도전의 기회를 제공해준다.

핸드폰책쓰기코칭협회란 핸드폰 활용으로 스스로가 직접 책을 쓰도록 전문가가 코칭

'핸드폰책쓰기코칭협회'는 책쓰기를 원하는 왕초보 예비 저자가 스스로 책을 쓸 수 있도록 돕기 위해 시인, 소설가, 수필가, 디자이너 같은 전문가와 출판사의 대표 등 50여 명으로 출범했다. 여기에 컴맹이라도 핸드폰의 앱과 기술들을 이용하여 타이핑 없이도 책 한 권을 출간할 수 있도록 코치들이 도와주어 스스로 쓰도록 하는 게 중요하다. 출판사의 기획에 따라 코치들이 핸드폰 앱을 활용해 왕초보 시니어들이 스스로 직접 쓰고 책이 나올 때까지 코칭해주고 출간 이후의 홍보, 판매까지도 도와준다.

핸드폰 책쓰기 개인 코칭방식 수준에 따라 1:1 개인별 원스톱(One-Stop) 서비스

개별 코칭을 통해 스스로 글을 쓰되 기획부터 출간 후 홍보까지 1:1 개인별 원스톱(One-Stop) 서비스 방식으로 진행하며 핸드폰 기술과 스마트 워킹을 통해 시간과 방식을 대폭 효율화하며 언택트 서비스가 가능하다.

유형	개별 코칭의 특징	코칭 기간	소요 경비	코칭 방법
A형	책 발간을 위해 상당 부분 사전 준비가 되어 있어서 약간의 도움이 필요한 경우	3개월	1~3백만 원	윤문, 편집, 디자인 등 수정 보완을 통해 출간 프로세스 중심 코칭
B형	준비하고 있으나 자료를 추가하거나 보완이 필요하여 외부의 도움이 필요한 경우	6개월	3~5백만 원	완성된 글 수정 및 추가로 글쓰기를 통해 책 출간까지의 코칭
C형	자서전, 자기계발서, 전문서적 등을 계획하고 있으나 외부의 도움이 절대적으로 필요한 경우	12개월	5백만 원~	핸드폰을 활용하여 초보적 글쓰기부터 최종 출간될 때까지 코칭

핸드폰 책쓰기 집단 코칭방식   기획서부터 출간까지 핸드폰을 활용해 스스로 책쓰도록 코칭

왕초보자들에게 가장 중요한 것이 책 기획서 작성이다. 책을 쓰려는 목적부터, 제목, 목차정하기, 서문쓰기 등 기본을 실습을 통해 스스로가 책쓰기에 도전할 수 있도록 만들어준다.
(총 20차수 6개월 과정)

책쓰기 관련 교육과정   핸드폰 책쓰기 기본과정 및 핸드폰 앱 활용 기술과정

과정1. **책쓰기 기본과정** : 책쓰기에서 주제 선정, 제목, 목차를 정하는 출간 기획서 쓰기 실습 중심

왕초보자들에게 가장 중요한 것이 책 기획서 작성이다. 책을 쓰려는 목적부터, 제목, 목차 정하기, 서문 쓰기 등 기본을 실습을 통해 책쓰기에 자신감을 갖게 하고 스스로가 도전하도록 만들어준다. (3시간 과정으로 총 5회차 진행)

과정	과목	수업내용	비고
1주차	주제 & 제목 정하기	• 핸드폰책쓰기코칭협회 소개 및 도입 특강 • 무엇을 쓸까? (What/내가 쓸 수 있는 것) • 독자를 유혹하는 제목과 부제	책쓰기의 성공은 기획서 쓰기가 좌우
2주차	목차 작성	• 어떻게 책을 구성할까? (How/Direction) • 목차는 기둥이며 출간 전까지 수정	책쓰기 과정의 50% 완성
3주차	서문 쓰기	• 누구에게 왜, 무엇을 쓸까? (Why/What) • 초대장과 면접을 위한 책 소개서	에필로그 쓰기 포함
4주차	출간 기획서 작성	• 어떻게 출판사를 유혹할까? (How) • 매력적인 출간기획서 작성법	출판사 투고 방법 포함
5주차	과정 정리 & 간담회	• 출간 기획서 완성 및 출판사 투고 • 책쓰기 과정 Q/A	〈책쓰기 4주 과정〉후 결과물 공유 및 토의

과정2. **핸드폰 하나로 책과 글쓰기 도전 과정** (기본과정 8시간, 전문과정 20시간)

과정구분	교육시간	가능인원	교육비/인	과정의 주요 특징
기본과정	6~8시간	40명 이내	20만 원	핸드폰으로 책과 글쓰기에 필요한 기본원리의 이해 및 앱 활용 기술 실습
전문과정	18~20시간	30명 이내	40만 원	각종 무료 앱 기술을 활용 PC까지 사용하여 책과 글쓰기 코칭에 필요한 전반적인 수준의 종합적 실습

책쓰기 코칭 및 교육 신청 안내   핸드폰책쓰기코칭협회

'핸드폰책쓰기코칭협회'의 코칭 방식 책쓰기는 대신 써 주거나 자비를 내고 책을 만들어주는 방식이 아니라 책의 기획부터 출간까지 출판사와 전문작가들이 도우미로 도와주어 스스로 책을 쓰도록 하는 방식으로 관련 교육도 진행합니다. 협회는 비영리 단체이며 여기에서 나오는 수익은 국내외 청소년 장학금과 노인 무료 수술비로 지원됩니다.

※ 책쓰기 코칭 관련 문의

이메일 mbwcc@naver.com / 전화번호 010-8911-2075 / 블로그 http//blog.naver.com/mbwcc

세상에 핸드폰으로 책을 쓰다니!

초판 1쇄 인쇄 | 2020년 6월 3일
초판 1쇄 발행 | 2020년 6월 12일

지은이 | 가재산 · 장동익 · 이채윤
펴낸이 | 김용길
펴낸곳 | 작가교실
출판등록 | 제 2018-000061호 (2018. 11. 17)

주소 | 서울시 동작구 양녕로 25라길 36, 103호
전화 | (02) 334-9107
팩스 | (02) 334-9108
이메일 | book365@hanmail.net
인쇄 | 하정문화사

가재산 · 장동익 · 이채윤 ⓒ 2020
ISBN 979-11-967303-5-2